泡沫《うたかた》の恋に溺れ

杉原朱紀

幻冬舎ルチル文庫

CONTENTS ✦目次✦

泡沫の恋に溺れ

✦カバーデザイン＝Chiaki-k（コガモデザイン）
✦ブックデザイン＝まるか工房

イラスト・相葉キョウコ✦

泡沫の恋に溺れ

『幸せ』の代名詞は、いいことと悪いことを、いつも同時に運んでくる。

視界に広がる、緑の絨毯《じゅうたん》。合間に覗《のぞ》くピンクや黄、白、そして――黒。

見慣れた風景の中にある、見慣れない色彩。あるはずのないその色に、西宮夕希《にしみやゆうき》は形のいい眉《まゆ》を顰《ひそ》めた。薄茶の髪と同色の瞳を細めて、違和感のある場所で視線を止める。

（黒い……花？　いや、違う）

母親が丹精こめて手入れをしている庭に、そんな色の花などなかったはずだ。そもそも、黒い花などあっただろうか。起き抜けの頭でそんなことを考えていると、当初の目的から外れ始めた思考を低い声が遮った。

「何か用か？」

「………!?」

思わぬそれに肩が震える。ようやく視界に映る風景に意識が追いつき、今自分が見ているものが男性の足下だということを認識した。黒は、相手が穿《は》いているスラックスの色だ。どうにも朝が弱く、まともに頭が働き始めるまで半分寝ぼけたような状態になってしまうのはいつものことだった。

住宅街の一軒家に見合った広くはないが狭くもない庭には、四季に合わせて咲くよう様々な花や緑が植えられている。一角には野菜やハーブなどもあり、食卓に乗ることもよくあった。男の前では、大きめの丸いプランターに植えられたクリスマスローズや、地植えのプリムローズなどが小さな花を咲かせている。

冬から春に向かっているこの季節、華やかというには足りないが愛らしい姿を見せ始めている花々と、他人を威圧しそうな鋭さを持った男との気配はあまりにも対照的だ。似合わないな、と口には出さず思いながら、寝ぼけて突《つ》っ立っていただけだということをごまかすために、へらりと笑ってみせた。

「あー……っと、なんでもないです。おはようございます。朝、早いですね」

「おはよう」

訝《いぶか》しげにこちらを見ていた男は、儀礼的に挨拶を返すと再び地面に視線を落とした。何かを探しているのだろうか。花を見ているわけでもなさそうな様子を不思議に思いつつ、会話も続かず、さりとて黙って部屋に戻るのも躊躇《ためら》われ立ち尽くしてしまう。

いつもと変わらない、だが普段とは違う朝。決定的な差異は、両親の姿がなく、数日前に初めて会ったばかりの他人が目の前にいるということだ。

(名前……高倉《たかくら》さん、だっけ)

高倉宗延《むねのぶ》、と言っていたか。数日前、挨拶に来た時の話は大半聞き流してしまっていたが、相手の名前は思い出した。

同年代の中では背の低い部類に入る夕希に比べ、高倉は羨《うらや》ましいほどの長身だった。百九十はあるかもしれないなと、遠目に見つつ思う。華奢《きゃしゃ》な骨格の自分には望むべくもない、肩幅のある引き締まった体軀《たいく》。がっしりしているわけではないが、背の高さのせいか、とにかく存在感がある。先日はスーツに合わせて後ろに流されていた黒髪が今はラフに下ろされており、近寄りがたかった精悍《せいかん》な面差《おもざ》しが少しだけ身近なものに感じられた。

ぱっと見で怖そうな人だと思ってしまうのは、笑みのない表情と、眦《まなじり》の鋭さによるものだろう。怖いといっても柄が悪そうだとかそんなことはなく、顔立ちも整っている。美形というよりは、能力と実績に裏打ちされた落ち着きと自信を窺《うかが》わせる、いい顔つきだと言えばいいだろうか。

（笑ったらどんな感じかな）

たわいない想像を巡らせながら、朝らしい話題を思いつき再び声をかける。

「朝ご飯作りますけど、パンとお米、どっちがいいですか？　あ、食べられないものとかあれば先に言ってください」

朝食作りは、二年ほど前から夕希の役目になっている。少しずつ母親から料理を教えて貰《もら》い、レパートリーが増えてきた頃、やらせて欲しいと言ったのだ。毎朝、庭で花の手入れをしている母親の負担を、少しでも減らしたかったというのもある。本当なら体力のいる庭仕事ができればいいのだが、今のところ水やりや草むしりが関の山だった。

「構わなくていい。適当にやる」

「……――あ、ハイ」

だが遠慮する気配どころかつけいる隙《すき》もないほどあっさりと断られ、それ以上かける言葉を見失う。すごすごと引き下がったものの、やはり諦めきれずに声をかけた。

「置いてあるものは好きに食べてくださいね。いつも三人分作るから、一人分って苦手で」

ああ、というそっけない返事を聞き届け、すでに夕希から視線を外している高倉の姿を横目に着替えるために再び自室へ戻る。二階にある部屋に入って扉を閉めたところで、ふっと息を吐いた。

「愛想《あいそ》ないなあ。俺、何かしたかな」

溜息《ためいき》交じりに首を傾《かし》げ、寝起きのままのパジャマ姿から普段着に着替える。脳裏《のうり》には、先ほど見た高倉の表情が蘇っていた。無愛想《ぶあいそう》というより、もう少し棘《とげ》があるように感じたのは気のせいだろうか。うっとうしいと思われているのか、何か苛立《いらだ》たせるようなことをしてしまったのか。どうにも否定的な感情を向けられているような気がするのだ。むしろ、興味がない、どうでもいいといった雰囲気の方がまだ納得できる。

（気のせいかな。会ったばっかりだし）

多分、今まで周囲にいなかったタイプだからそんなふうに感じただけだろう。根拠もなくこちらに悪感情を抱いていると思うのは、相手に対して失礼だ。反省し、馴《な》れ馴《な》れしくしすぎないように気をつけようと自戒する。

これから二ヶ月間一緒に暮らす相手だ。ぎくしゃくしてしまってはお互いに居心地が悪いだけだし、できれば上手《うま》くやっていきたい。

「夏樹《なつき》兄のお墨つきだし。大丈夫、大丈夫」

年の離れた兄代わりでもある知人の顔を思い出しながら、夕希は自分に言い聞かせるように頷いた。

「ここに下宿？」

昔馴染みである北上《きたがみ》夏樹からその話がもたらされたのは、両親がフランスに出発する五日前のことだった。夕希の部屋へやってきた北上に椅子《いす》を勧め、自分はベッドに腰《こし》を下ろす。勉強を教えて貰う時以外は、いつもそこが定位置だった。

大学でフランス文学を教えている父親は、その方面では有名な研究者として知られているらしく、国内外問わず度々招聘《しょうへい》を受けては出かけている。今回は、二ヶ月間の特別講座の講師として呼ばれており、少し長めの不在となる予定だった。

普段から、出張時は同伴が必要でない限り父親一人で行っている。が、つい先日体調を崩し短期入院していたこともあり、今回ばかりは母親が心配を隠せないでいた。ただ、ついて行くにも一ヶ月後には夕希の大学入学が控えており、どちらのことも気がかりで困り顔をしていたのだ。夕希にしてみれば、自分のことなどより父親の身体《からだ》の方がよほど大事で母親について行って欲しかった。そうは言っても事情が事情で、両親が自分の心配をするのもわかるため強く言えずにいたのだ。

そんな膠着《こうちゃく》状態の中、話を聞いた北上が、自分も様子を見にくるからと両親の説得に力を貸してくれた。両親も、事情を知っている北上の言葉に安心し一度は頷《うなず》いてくれたのだ。だが出発が一週間後に迫った頃、とある問題が起き、両親が夕希を一人で残していくことに再び難色を示し始めた。

北上がいつものように西宮家を訪れたのは、そんな時だった。

「そう。それなら、先生達も安心してフランスに行けるだろう？　大丈夫。薦める以上、変なのは紹介しないよ。ちゃんと信用できるやつだから」

柔らかな笑顔でそう言った北上に、夕希はやや不満げに唇《くちびる》を尖《とが》らせる。

「別に、俺一人でも大丈夫だってば。その人も、わざわざ見ず知らずの人間の家になんか泊まりたくないだろうし」

「お前、この間何があったかもう忘れたのか？」

表情は一切変わらず、だが、わずかに低くなった声にたじろぐ。昔からこういう声を聞くのは、何かしら注意される時だった。

北上は、父親の大学時代の教え子だったらしい。北上の通っていた学部と父親が教えている学部は違っており、どういう事情からそうなったのかはわからないが、北上が大学生の頃に一時期この家に下宿していたことがあったと聞いている。その縁で、昔からよくこの家には顔を出しており、ことあるごとに夕希の相手をしてくれていた。

細身の眼鏡《めがね》をかけた北上は、スーツを着てブラウンの髪を整えていると、隙のない怜悧《れいり》な雰囲気を纏《まと》う。出会ってからしばらくはラフな私服姿しか見たことがなかったため、最初にスーツ姿を見た時は驚いた。私服の時は、モデルかと思うような優しく華やかな印象の方が強いのだ。細身ではあるが無駄なく引き絞られた体軀には、スーツがよく似合う。見かけによらず力も強く、小さい頃はよく軽々と抱き上げられていた。

今年三十三歳になった北上と、十九歳の夕希とでは一回り以上離れており、年の離れた兄か従兄《いとこ》のような感覚だ。夕希の父親は穏やかで、注意はするが叱《しか》りはしないため、何かやった時に叱られるのはいつも北上からだった。

「忘れてないけど……夜に人気《ひとけ》のないとこ行かなきゃ平気だよ。あれだって、ひったくりか何かにたまたま運悪く行き当たっただけだろうし」

「そうとは限らないだろう。上手く逃げられたからよかったが、そのまま連れて行かれてたら襲われていたかもしれないんだ。どうも危機感がないからこの機会に言っておくが、男でも、犯される場合だってあるんだからな」

「おか……」

思わぬ言葉に絶句していると、それに、と続けられる。

「お前はなさそうだったって言うが、ああいう時は凶器を持っている可能性の方が高いんだ。抵抗しようにもできない場合だってある」

脅すように言われ、それは確かにそうだと今更ながらに鳥肌《とりはだ》が立つ。右腕の裏、手首と肘《ひじ》の間を無意識のうちに左手で押さえ顔を強張らせた夕希に、北上が表情を緩める。

「とにかく、もう少し警戒心を持て。わかったな」

「……はーい」

あまり嬉《うれ》しくない注意は、今回の原因ともなった出来事によるものだ。数日前の夜、帰宅途中に何者かに襲われかけてしまったのだ。

バス停のある大通りとこの家の間には、街中にしては敷地面積の広い公園がある。いつも近道のためにその中を突っ切っており、その日も同じように街灯の明かりを頼りに人気のない公園を歩いていた。その時、何者かに背後から口を塞《ふさ》がれ、そのままどこかへ引き摺《ず》って行かれそうになったのだ。

咄嗟《とっさ》に暴れたのが功を奏し、本の詰まった紙袋が相手に当たり力が緩んだところで逃げ出した。夢中で家に向かって走り、ちょうど出張土産《みやげ》を手に西宮家を訪れようとしていた北上に鉢合わせたのだ。

あの時、もし家にいたのが両親だけだったら、襲われかけたことは言わず何事もなかったように帰っただろう。だが北上に、しかも取り繕《つくろ》う余裕もなく会ってしまったせいで、一目で何かあったのだとばれてしまった。

結局、隠すこともできずに全て聞き出され、両親にも話が伝わってしまい今に至るというわけだ。

「うちに来るか、気詰まりならホテルに泊まるってのが一番いいんだけどな」

「ホテルなんか絶対却下。そんな無駄なお金使いたくない。夏樹兄だって、仕事場に泊まることが多いって前に言ってたよね。なら、ここにいたって一緒だよ。それに、ここのとこ近所で空き巣被害が続いてるっていうし。家空けたままにするのは不用心じゃんか」

そう言った夕希の頭を、仕方がないなという表情で北上がぽんぽんと撫《な》でてくる。

「先生達にとっては、家よりお前のことの方が大事なんだよ。まあ、お前の気持ちもわからないではないから、そのための折衷《せっちゅう》案だ」

二日前、アメリカから北上の友人が帰国した。長期で渡米していたため日本で借りていた家は解約しており、実家も遠方。当分はホテル住まいの予定で、ならば夕希の両親が不在の二ヶ月間、この家に下宿しながら新しい家を探したらどうかというものだった。

相手の職業は弁護士で、幼馴染《おさなな じ》みなのだという。話を聞いた両親は、元来世話好きな性格も相俟《あいま》ってすでに乗り気らしい。もちろん一度本人に会ってみてからという話にはなっているが、北上が太鼓判《たいこばん》を押す人物という時点で九割方は決まったも同然だった。

本当なら自分がここに来られれば一番いいが、仕事の関係でそれも難しい。そう言う北上に、だから、と眉を顰めた。

「みんな過保護なんだって。もう二十歳《はたち》になるってのに、一人で留守番もできないってどんな子供だよ。他の人にまで迷惑……痛っ！」

すっと視界に入った指先で、勢いよく額を弾《はじ》かれる。瞬間的ではあったが結構な痛みに涙を浮かべ恨みがましげに見上げると、怒った時の笑顔がそこにはあった。

「親に心配かけないのも子供の役目だ。それにこの場合は双方にメリットがあるんだから、迷惑じゃなく持ちつ持たれつって言うんだよ」

わかったか？　と、再び額に狙いを定められた状態で念を押される。

「わかった、わかったから！」

再びやられるのはごめんだと額を庇《かば》うように身体を反らすと、手を引っ込めた北上がやれやれと肩を竦《すく》めた。

「で、怪我《けが》はもういいのか？」

「あ、うん。大丈夫。元々、軽い捻挫《ねんざ》と打ち身だけだったし、思いっきり体重かけたりしなきゃ痛みもないよ」

数日前の事件の時、暴れて逃げる時に足首を痛めていたのだ。昨日までは湿布を貼っていたが、もうほとんど治りかけている。座ったまま、ほら、と脚を伸ばして足首を回してみせた。

「ならいい。完治するまでは無茶するなよ。それと明日には相手――高倉って言うんだが、挨拶に連れてくるから」

はあい、と投げやりな返事をする夕希に北上が笑う。同時に、見計らったように部屋の扉がノックされた。返事をしながら立ち上がって扉を開くと、艶《つや》やかな金色の髪を綺麗《きれい》に結い上げた母親がにこりと微笑《ほほえ》んだ。流暢《りゅうちょう》だけれど、少しだけたどたどしい日本語で告げる。

「お茶の準備ができたの。二人とも、いらっしゃい」

「ありがとう、母さん。すぐ行く」

「お話、聞いた？」

「うん。相手の人がいいなら、俺は平気。ごめん、心配させて」

北上に対して向けた不満を微塵《みじん》も出さずに素直に頷くと、母親は、柔らかく笑いながら掌《てのひら》で夕希の頬《ほお》を撫でてきた。ほっそりとしたそれは、いつも温かく、愛情を伝えてくれるように優しい。

「家族だから、心配は当たり前。パパも一緒」

ね？　と言う母親に笑って頷いてみせると、早くいらっしゃいと言って母親がリビングの方へと戻っていく。その姿を見送り振り返ろうとすると、背後から苦笑とも呆《あき》れともつかぬ溜息が聞こえてきた。

「過保護返上は、さっき俺に言った台詞《せりふ》を先生達に言えるようになってからな」

「……――」

借りた猫のように大人しくなった態度を当てこすられ、自身でもわかっているだけに反論もできないまま、夕希は思い切り北上に向けて舌を出した。


その翌日、北上が連れてきたのが、先ほど庭に立っていた高倉だった。

弁護士というのは客商売ではないのだろうか。そう思うほど愛想がなく、夕希の第一印象は『怖そうな人』だった。ただ、仕事柄だろう、他人の家に下宿するということに対して決して楽観的な人ではなく、きっちりとした対応に幾ばくかの安心感はあった。

両親の部屋など、必要がない場所には鍵をかけておく。他人に触られて困るものは、出入りできる場所には置いておかない。貴重品は別の場所か、鍵のかかるところに移しておいて欲しい。また夜遅いことが多いため、食事を含め身の回りのことについての気遣いは無用。生活する上で必要なルールがあればあらかじめ伝えておいて欲しい。そういった細々としたことを、高倉は自ら提示した。

それらは、互いを守るためのルールなのだと後から北上に聞いた。決めておくことに、利はあっても害はない。

北上が下宿していたことがあるように、父親の教え子である学生が泊まったりと、この家は比較的人の出入りが多い。両親は世話好きだが無防備というわけでもなく、部屋はそれぞれ鍵がかけられるようになっている。高倉も、それを聞いて納得したようだった。

そしてまた両親も、高倉の落ち着いた所作と言動に安堵《あんど》したらしい。すんなりと話は決まり、その日はそのまま北上、高倉を含めた五人での夕食となった。

本格的に高倉が家に来たのは、両親が出発する日だ。出発時間に合わせて北上とともに姿を見せ、三人で両親を見送った。そして北上はそのまま仕事に戻り、高倉もまた部屋に荷物だけ置き仕事へ向かったのだ。

「っと、しまった」

昨日までのことを思い出しつつ我に返れば、付近の土が水浸しになっていた。慌ててホースの先についているノズルから指を外して水を止める。

部屋で着替えた後、朝食を作ろうと再びリビングに戻ると高倉は庭から姿を消していた。

出かけた気配はなかったが、部屋にいるか、気がつかないうちに仕事に行ったのかもしれない。朝食後、午前中のうちにと庭で鉢植えに水をやっていたのだが、単調作業のせいかつい色々と思い出してしまっていた。

ふと庭を見渡し、まばらに咲いた花と柔らかな緑に既視感を覚える。

そういえば、ここに最初に来たのもこのくらいの季節だっただろうか。幾らか花の種類は入れ替わっているが、この庭は、昔も今も同じ温かさで夕希を迎え入れてくれている。

「もう九年、か……」

西宮の両親は、父親が日本人で母親がフランス人だ。父親がフランス留学していた頃に、母親と出会ったらしい。

夕希は九年前、この家に引き取られてきた養子だ。血の繋《つな》がりは全くないため、当然のことながら両親とは似ていない。ただ、色白で髪も瞳も色素の薄い明るい色なため、事情を知らない人からは母親似だとよく言われる。

当時の年齢は、恐らく十歳。それが医者の見立てだった。

引き取られる前の記憶が、夕希にはない。名前、年齢、家族構成、出身。そんなものが全て記憶から抜け落ちていた。言葉や食事の仕方などの最低限の知識は残っていたけれど、過去の自分に関する情報は跡形もなく消え去っていたのだ。

原因は、外因的、内因的、双方によるものだろう言われた。

夕希が見つかったのは、玉突き事故の現場だった。横転したトラックの、荷台の中から救助されたのだ。あと少し発見が遅れれば火災に巻き込まれたかもしれない。危機的な状況だったが、事故の衝撃で荷台の扉の鍵が壊れ、運よく外から見つけられたらしい。

どうしてそんなところにいたのかは、夕希が記憶を失ったため不明なままだ。悪戯《いたずら》で荷台に入って閉じ込められてしまい、事故に巻き込まれたのだろう。それが、警察の出した結論だった。

『記憶がないとはまた、厄介《やっかい》だな……身元がわからない以上、施設で預かって貰うしかないか』

そう呟《つぶや》いた大人の声は、今でも耳に残っている。幼い子供相手だったせいか、目覚めてからしばらくは怪我の痛みと熱で終始ぼんやりしていたせいか。そこに哀れみや同情といった感情は窺えず、ただひたすら事務的で厄介そうな響きだけがあった。

西宮家に引き取られたのは、幸運な巡り合わせだったと言えるだろう。脚と腕の骨折で事故後しばらく入院していたのだが、その時期に、西宮夫人——今の母親が同じ病院に入院していたのだ。

きっかけが何だったのかは覚えていない。事故から一年くらいの間のことは、今でも靄《もや》がかかったように曖昧《あいまい》だ。後から聞いた話では、病院の中庭で具合が悪くなり倒れていた母親を夕希が見つけ、人を呼んだのだという。

その後、夕希の現状を知った西宮夫妻が児童相談所を通して里親として引き取ってくれ、さらにその数年後、記憶が戻ることも身元がわかることもなかったことから正式に養子縁組をすることになった。

夕希という名前がつけられたのは、自分では全く覚えていないが、助け出された際、意識を失う前に混濁した意識の中で名前を聞かれ、譫言《うわごと》のようにそう呟いたからだそうだ。字は児童相談所の所長が考えてくれた。名字か、名前か。それを手がかりに警察に捜索願が出ていないかもずっと調べていて貰ったが、これまで本当の両親が見つかる気配はなかった。

袖《そで》を捲《まく》り上げた右腕の裏——手首と肘の中間辺りに刻まれた小さな痣《あざ》が視界に入る。四葉のクローバーのような形をしたこれもまた、身体的特徴ではあったが、手がかりとしては役に立たなかった。

事情が特殊であり、夕希を引き取るにはかなりの面倒があったと思われる。だが、それについて両親はたいしたことじゃないと笑うばかりだった。

『君と一緒に暮らしたいという人がいるんだが、どうしたい？』

実際のところ、最初にそう言われた時に思ったことは『どうでもいい』だった。幾度か行われた夫妻との面談の後も、その感覚は変わっていなかった。けれど今では、あの時頷いておいてよかったと心から思う。

「さて。水もやり終わったし、昨日の続きやろ……っ！」

プランターに植えた花に水をやり終え振り返った途端、家の中にいた人影に息を呑《の》む。いつの間にそこにいたのか、朝の挨拶時に夕希が立っていた場所で高倉がこちらを見ていたのだ。驚きで乱れた鼓動《こどう》を静めながら、握っていたホースから意識的に力を抜いた。

「び……っくりした、って、いつからそこに立ってたんですか?」

「さっきだ。声をかけたが、気がつかなかったみたいだったからな」

「え⁉　すみません、ちょっと考えごとしてて」

焦って頭を下げるが、高倉は無反応のまま鋭い視線でこちらを見ていた。会話も続かず、引きつりそうになる笑顔を浮かべたまま逃げるように水場まで行きホースを片付ける。

ふと小さな音がして振り返ると、高倉が朝そこで脱いだのであろう靴を履いている最中だった。

「こっちに来てみろ」

促され、手を振って水を払いながら高倉の後ろをついて行く。どこに行くのだろうと思えば、向かった先は家の裏手にある花壇だった。

「……――っ!」

高倉に追いつき隣に立ったところで、そこにある光景に目を見張った。膝丈《ひざたけ》ほどの高さがある花壇の上に誰かが乗ったのか、無残に一部の花が踏みつぶされていたのだ。よほど体重をかけたのだろう、土が完全にえぐれている。

「朝見た時はこうなっていた。心当たりは？」

「ないです……。昨日の朝は、多分なってなかったと思いますけど」

その場にしゃがみ、ひしゃげて土に埋もれた花を指で辿《たど》る。白い花びらは散り、茎も完全に折れている。母親が見たら悲しむなと思いながら、せめてもと指先で埋もれた花を掘り返していった。

「少し前、誰かに襲われかけたらしいが」

頭上から落ちてきた声に、ぴくりと指が止まる。苦笑を浮かべ、しゃがんだまま隣に立つ高倉を振り仰《あお》いだ。

「大袈裟《おおげさ》です。ひったくりっぽいのに遭いかけただけだし。っていうか、すみません。今回、高倉さんにまで迷惑かけて。みんなちょっと過保護で」

「……誰かが、そこをよじ上ってこっち側に飛び降りたっていうのが妥当だろう」

顎《あご》で軽く指したのは、花壇の後ろにある壁とフェンスだ。その向こうは隣家の所有する貸駐車場だが、フェンスに沿うように等間隔で少し高めの樹が並べて植えられている。以前から植えられていたそれは、本来は別の場所に移動させる予定だったが、敷地の端ということでそのままになったと聞いたことがあった。

「悪いが、ざっと確認させて貰った。向こう側の庭に、幾つか不自然な足跡があった。家の中まで入られた形跡はなさそうだったが」

「家の中が無事だったならいいです。ありがとうございます」

被害がなさそうならそれでいい。安堵し、花壇に視線を戻しながら笑顔で礼を言う。朝起きた時に高倉が庭にいたのは、不審なところがないか見回ってくれていたのだろう。

だが一方の高倉は、そんな夕希を黙って見下ろしていた。ほんの一瞬、また苛立ったような気配を感じた気もしたが、声も態度も落ち着いておりそんな様子は窺えない。

「もう一度聞くが、本当に心当たりはないのか」

「ないですよ。子供が敷地内にボール落としたりして、誰かが取りに入ったんじゃないですか？　たまに駐車場で遊んでる子もいますし。そのまま逃げたんだと思いますけど」

のんびりと言いながら、無事な花を確認して腰を上げる。花を掘り返すにしても、下手《へた》に夕希が手を出すよりも母親の帰りを待った方がいいだろう。可哀想《かわいそう》だが、しばらくはこのままにしておこう。そう決めて、軽く手を叩《たた》いて土を払った。

「気にしてくれて、ありがとうございます」

態度はそっけないのに、家のことに気を配ってくれている。そのことが嬉しく、もう一度、今度は相手の顔を見て礼を言う。だが高倉はそんな夕希を一瞥《いちべつ》すると、ふいと視線を逸《そ》らした。

「念のため、鍵をかけた部屋の中と、なくなっているものがないかは確認しておけ」

そう言い残し家の方へ戻っていく高倉の背を、夕希は聞こえぬようそっと溜息をつきながら見送った。

　気がつけば、日が傾きかけていた。

ディスプレイから視線を外して顔を上げると、リビングの中がオレンジ色に染められている。時計を見れば、針は午後五時を指していた。

「もうこんな時間か」

　リビングのソファテーブルの上に置いたノートパソコンに指を走らせ、書きかけていたファイルを保存する。電源を落とすと、周囲に置いていた辞書や本と一緒にまとめてテーブルの隅へ寄せた。

　やっていたのは、フランス語で書かれた文献の翻訳だ。引き取られてきたばかりの頃、母親がよくフランス語で子守歌を歌ってくれていたのだが、その後夕希がフランス語の本に興味を示すようになったことから両親が英語と一緒に教えてくれた。今では、よほど専門的なものでない限りは読めるようになっている。

　そして一年ほど前から、北上経由でアルバイトとして翻訳の仕事を請け始めたのだ。内容は様々だが、主に北上の会社で使う資料の翻訳や、出版社にも伝手《つて》があるらしく、珍しいものでは絵本の翻訳などもあった。子供向けのそれは夕希自身楽しかったため、今では仕事以外でも原書を買って自分で訳してみたりもしている。これまで縁のなかった内容のものに触れる機会も多く、かなり勉強にもなっていた。

物語的なものと文献等の資料では訳し方も異なり、迷う部分は両親に助言を求めたりもしている。とにかく色んな種類の本に触れることが大事だ。そう言われ、仕事以外でも父親が所有しているフランス語の本などを訳しては添削して貰っていた。そういう意味では、常に学べる状況にあるためかなり恵まれているのだろう。

「あ、そうだ」

ふと思い出し、テーブルの上に置いたインスタントカメラを手に取る。昔から使っているそれは、夕希のメモ帳代わりのようなものだった。庭に立っていた高倉の姿を思い出しながら庭の風景を撮る。

月に数枚、気がついた時に写真を撮る。それが習慣だった。

この家に来てから、夕希は色々なことをメモに取るようになった。また忘れてしまうことを恐れるように毎日あったことを書きつけているそれを父親が見つけ、ならば日記をつければどうかと勧めてくれたのだ。その頃に買って貰ったのが、撮った写真がすぐに現像されるこのカメラだった。

日記と写真。それでようやく、自分がここにいるという証《あかし》を得られたような気がした。部屋には何年分もの写真がアルバムに収められ、日記と一緒に箱に詰められている。

昔は頻繁《ひんぱん》に撮っていたけれど、今では少し落ち着き、日記はともかく写真の方は時々になった。スマートフォンで撮り、気に入ったものだけプリントアウトすることもある。それでもこのカメラは手放せなかったが。

出てきた写真を見つめ、カメラと一緒にテーブルの上に置く。

「さて、そろそろ夕飯作ろうかな」

夕飯といっても、食べるのは一人だ。高倉は今日も朝から仕事に行っており、帰ってくるのは夜遅くだろう。身の回りのことは構わなくていいと最初に言われているが、なんとなく一緒に住んでいて作らないのも気が引けて勝手に作って置いている。冷蔵庫に入れているから好きに食べて欲しいと書き置きしているが、食べられていたことは一度もなかった。

（昼ご飯とかにしてるし、どのみち食べるから別にいいんだけど）

いらないと言われているのに自分が勝手にやっていることだ。食べないからといって高倉に対して悪感情を持つということはもちろんないのだが、少し寂しいのは確かだった。

「っと、あれ？」

突如鳴り始めた音楽に、慌ててテーブルの上のスマートフォンを手に取る。着信画面を見ると、そこには北上の名前が表示されていた。平日だから仕事中のはずで、普段からこの時間帯に電話がかかってくることはまずない。珍しいなと思いながら、通話ボタンを押す。

「もしもし、夏樹兄？」

『ああ。今、家か？』

「そうだけど、夏樹兄こそどうしたの」

『休憩中だ。それより、高倉とは上手くやってるか？』

北上の問いに、一瞬言葉に詰まる。ここ数日北上は出張に行っていたらしく、高倉が来て以降、様子見の電話がかかってきたのはこれが初めてだ。脳裏に浮かんだのは少しも笑みを見せない高倉の表情で、思わず零《こぼ》れそうになった溜息を慌てて呑み込んだ。悟られる前に、苦笑交じりにそうだねと続ける。

「上手くっていうか、普通だよ。仕事行ってるから、顔を合わせるのも朝と夜だけだし」

『なんだ、そうなのか？　帰国したらしばらく休むって言ってたが。やっぱり仕事してるのか』

呆れたようにそう言った北上は、それはそうと、と夕希の様子を聞き始めた。特に変わったことはないと告げ、心配しすぎだってと笑う。

「えーっと、あのさ……」

どうしようかと迷いつつ言葉を探していると、どうした、と電話の向こうから促される。聞いてみるだけならいいよな。そう自分に言い聞かせて続けた。

「高倉さんって、いつもあんな感じ？　俺、何か気に障《さわ》るようなことしたかな」

『……あいつが何かしたか？』

わずかに低くなった声に慌てて首を横に振る。だがそれでは伝わらないと遅れて気づき、違うよと声に出した。

「何もない、本当に。ただ、えーっと……必要最低限しか話さないって感じだし、全然、笑わないし。人の家だから気詰まりなんじゃないかと思ってさ」

『ああ、そういうことか。愛想がないのは、そういうやつだから気にするな。基本、見たまんまだ。他人の家だからどうだとかそんな繊細な神経はしてないよ』

確証もなく嫌われているような気がするとは言えず曖昧にぼかしたそれを、北上が軽く笑い飛ばす。それならいいけど、と言いながら、それでもなお釈然としないものが胸に残っていた。具体的に何かをされたわけでも、そういう態度を取られたわけでもない。だから、思い過ごしである可能性の方が高いのはわかっていたけれど。

「そっか、じゃあいいや。ごめん、変なこと言って」

『いや。お前がそう感じたなら、今度それとなく聞いておくよ。あー、それと。ないと思うが、万が一あいつに何かされたりしたらすぐに言えよ』

「大丈夫だよ、って太鼓判押したの夏樹兄だろ」

笑いながら言うと、冗談半分だったのだろう、まあな、と軽い笑い声が返ってくる。

『お前はいつも通りにしてればいい。話してみたら、意外と気が合うかもしれないぞ』

そう締めくくり、仕事に戻るからと北上が電話を切った。耳元で鳴る単調な機械音を聞きながら、最後の言葉は逆さに振ってもなさそうだけど、と溜息をつく。

「やっぱり考えすぎかな」

北上と一緒にいた時と夕希といる時とで態度が違っていたわけではない。ならやはり、あれがいつも通りの姿なのだろう。

（弁護士って堅そうなイメージだったけど……あー、ある意味そうなのかな？）

自分が依頼に行って高倉が出てきたら、回れ右してしまいそうだが。その光景を想像して、つい笑ってしまう。そういえば、弁護士という職業は聞いているが具体的に何をしているのかは聞いていない。アメリカに行っていたと言っていたから、夕希が思い描いている小説に出てくるような弁護士とは違うのかもしれない。

「ま、いっか」

それより夕飯だ。スマートフォンをテーブルに置きシャツの袖を捲り上げる。同時に、チャイムの音が部屋に響き足を止めた。

「誰だろ……ああ、高倉さんか」

玄関に向かおうとして、続けて聞こえてきた鍵を開ける音に再び立ち止まる。鍵を持っているのだからいちいち鳴らさなくてもいいのに、深夜以外は帰ってきた時にああやって一度チャイムを鳴らすのだ。

リビングから廊下に顔を出すと、やはりそこには高倉がいた。黒に近い濃いグレーのスーツと薄いブルーのシャツに、シンプルな濃紺のネクタイを合わせている。スーツはよく似合っておりきっちりとした格好のはずなのに、普通のサラリーマンのように見えないのはなぜだろうか。堅気の職業ではないと言われれば、すぐに納得してしまいそうだ。

「おかえりなさい」

ここに来てから帰ってくるのは毎日十一時を回った頃だったため、この時間に顔を合わせたのは初めてだ。いつもと違う状況に落ち着かない気分で挨拶すると、立ち止まった高倉が微《かす》かに眉を顰めた。

「ああ」

訝しげな表情に、何かおかしなところでもあっただろうかと内心で首を傾げる。怒らせているのとも違うような気がしたが、まあいいかとすぐに思い直す。この時間なら、まだ食事はしていないかもしれない。そう思い、懲《こ》りずに食事に誘ってみようと思ったのだ。

「仕事、お疲れ様です。今からご飯作るんですけど、よかったら一緒にどうですか？」

にこりと笑いながら告げると、今度は何かを探るように数秒間じっと夕希の顔を見つめてくる。遠慮のない視線に、若干の居心地の悪さを笑顔の下に押し隠していると、やがて諦めたような溜息が耳に届いた。

「……——着替えてくる」

「……っ！　はい！」

予想していなかった肯定的な返事に、驚きとともに嬉しさがこみ上げる。さすがにしつこいということは自覚していたのだ。うっとうしがられることはあっても、頷かれるとは思っていなかった。

泊まっている部屋へ向かう高倉の背を見送り、そわそわした気分で台所に向かう。なんだか懐かなかった猫が少し近寄ってきた時の嬉しさに似ている。だがすぐに、猫というよりはドーベルマンとかライオンかなと心の中で呟いて笑った。

「よし、ご飯作ろう」

気合いを入れ鼻歌交じりで冷蔵庫を開けた夕希の顔には、さっきまでとは違う、隠しきれない嬉しさを滲《にじ》ませた笑みが浮かんでいた。

「おーい、猫。出てこい、どこ行ったー？」

驚かせないように小さな声で呼びかけつつ、部屋の中を見て回る。

夕食後、高倉に食後のお茶を出してから片付けをしていると、か細い猫の鳴き声が聞こえてきた。表にいるのかと気にしていなかったそれが、だが、片付けを終えてダイニングテーブルで新聞を読んでいる高倉のもとへ向かうと、妙に近い場所からすることに気づいたのだ。

『あ、猫！』

視線を巡らせ、リビングのソファ辺りで見つけたのは見知らぬ猫だった。夕希の声に驚き家の奥の方へ走り抜けていくのを茫然《ぼうぜん》と見ていると、顔を上げた高倉がぼそりと呟いた。

『飼ってるわけじゃないのか？』

どうやら高倉は気づいていたらしいが、飼い猫だと思ったらしい。首を横に振ってどこから紛れ込んだのかと周囲を見渡せば、調理中わずかに開けたリビングの窓が視界に入った。庭に面しているあそこから入り込んだのだろう。

逃げる時に右の後ろ脚を引き摺っていたのが気になった。早く探さないと。走っていった方向へと向かおうとすると、椅子を引く音が聞こえてきた。

『手伝おう』

一言残し、夕希を追い抜いていく。ぽかんとその姿を見送りかけ、そんな場合じゃなかったと我に返り慌てて追いかけた。

「どっかから外に行ったのかな。でも玄関も閉めてるし……あ！」

二階に行き、手近な部屋を見るが猫の姿はない。だがふと、自室の扉が少しだけ開いていることに気づき慌てて向かった。そういえば空気の入れ換えのためにと、窓を開けていた気がする。

「いた！」

部屋の中に猫の姿はなかったが、小さな声が聞こえてくる。窓から外を見ると、一階の屋根の端に小さな猫が丸まっているのが見えた。恐らく、外に出たものの高さで動けなくなったのだろう。何度も鳴くばかりで、そこから動こうとしない。

「梯子《はしご》あったかな……確か物置の中に……」

庭仕事の道具を仕舞っている納屋《なや》の中に、確か梯子もあったはずだ。

完全に日が落ちてしまっているため、リビングからの明かりを頼りに庭を進む。一角にある納屋を開き、定位置に置いてある懐中電灯で照らすと、奥の方に梯子があるのが見えた。中に入って梯子を運び出すと、肩にかけていたそれをひょいと横から奪い取られる。

「貸せ」

「え、あ……」

片手で悠々と梯子を運ぶ高倉の後ろをついて行くと、梯子を伸ばして屋根に立てかけ始める。小さく揺らしてしっかり固定されていることを確認すると、おもむろに上り始めた。

はっとして、すぐに梯子を両手で掴《つか》む。ぎしぎしと高倉が上る度に揺れる梯子を、少しでも揺れないようにと力をこめて固定した。

「大丈夫ですか……？」

屋根まで辿り着いた高倉にそっと声をかける。が、返事はなく、代わりに猫の鳴き声が一層激しいものになった。来るな、と敵を威嚇《いかく》するかのようなそれをものともせず、高倉がゆっくりと片手を伸ばす。逃げたいが、動けない。そんな状態なのだろう。下から見ていると、声とともに猫が暴れているのがちらりと見えた。

「危ない……じっとしてろ」

下手をすると落ちてしまう。はらはらしながらそう呟くと、猫の身体を片手で引き寄せた高倉が慣れた手つきで抱え込む。最初は高倉の身体に爪《つめ》を立てるようにして暴れていた猫もそのままの体勢でじっとしていると、やがて興奮が収まったのか大人しくなった。

肩によじ上ろうとする猫を片手で押さえたまま、高倉が器用に梯子を下りてくる。しがみつくように押さえていた梯子から離れると、地面に足を着いた高倉が夕希に猫を手渡してきた。まだ小さいと思っていた猫は、だが抱いてみるとそれなりに大きさがある。もし自分が行っていたら、こんなに安々とは下ろせなかっただろう。

「ありがとうございました」

笑みを浮かべて礼を言うと、こちらを一瞥した高倉が無言で梯子を畳《たた》み始めた。そのまま納屋の方へ向かうのに、猫を抱いてついて行く。ちらりと見た猫は、やはり後ろ脚を怪我しているようだった。出血は止まっているが、まだ固まりきってはいない。猫は、しばらく夕希の手から逃れようともがいていたが、やがて諦めたように大人しくなり小さく鳴くばかりになっていた。怪我した脚に触れないようにそっと抱き直し、納屋に梯子を片付けた高倉にもう一度頭を下げて家の中へと戻る。

洗面所に寄り、古くなったバスタオル数枚を手にリビングへ向かう。床にバスタオルを敷いて、そっとその上に猫を下ろした。急いで取って返し、リビングに置いてある救急箱を取りに行く。

「よかったな、これ以上怪我しなくて」

傍《そば》に戻り喉《のど》を撫でてやると、猫は夕希の手に顔を擦《こす》りつけてきた。グレー地の縞柄《しまがら》の猫は、さ迷っていたせいか随分汚れてはいたが、毛並み自体は艶やかだ。人にも慣れているようだし、どこかで飼われていたのかもしれないなと思う。

手当ての方法などわからず、だが病院もこの時間は閉まっているだろう。とりあえず猫が舐《な》めないようにと、ガーゼを当てて包帯を巻いた。嫌がるように暴れたが、どうにか巻き終える。

「それで、そいつをどうするつもりだ？」

頭上から聞こえてきた声に顔を上げると、斜め後ろに立った高倉が夕希と猫とを見下ろしていた。

「朝イチで病院に連れて行ってきます。とにかく、怪我をちゃんと手当てしないと」

「その後は」

「……——それ、は」

この家では飼えない。両親が不在の今、自分が勝手に決めるわけにはいかないのと、そもそも父親がアレルギー気味なのだ。ひどくはないが、動物は飼わないようにしていると聞いたことがある。視線を下げて猫を見ると、目が合った瞬間小さく鳴いた。

「飼えないなら下手に手を出すな。無論、病院に連れて行くなとは言わないが、治療したらすぐに戻すんだな。預けられるところを探せるなら別だが」

「……――」

冷淡な声に、小さく唇を噛《か》む。高倉が言っていることは間違っていない。自分のできる以上のことはできない。命に対して責任を持つことができないのなら、最初から手を出すべきではない。

だけど、と、猫の頭に手を伸ばす。身じろぎはするものの、逃げずに大人しく頭を撫でられている姿を見てやっぱりと確信する。

「毛並みは綺麗だし、人にも慣れてるし。首輪はしていないけど、どこかの飼い猫だった可能性が高いです。なら、飼い主が探してるかもしれない。怪我が治るか、せめて誰か面倒を見てくれる人が見つかるまでは世話します」

動物病院ならそういったことにも詳しいだろうし、そうじゃなくとも、引き取り手を探す方法はネットで調べればどうにかなるだろう。近所にも動物好きな人はいるから、伝手があるかもしれない。大学が始まったら、同級生に聞いてみるという手もある。もしかしたら、それ以前に飼い主が見つかるかもしれない。

　感情が窺えない表情でこちらを見下ろしている高倉に、挑むように視線を向ける。自分の意思を伝えたいなら、まず相手から目を逸らさないことだ。それは、小さい頃に北上から教えられたことだった。

　静寂の中、空気がぴんと張り詰めた緊張感で満たされる。互いに視線を合わせていたのはほんの数秒間。視線を外したのは高倉の方が先で、無意識のうちに睨《にら》むような表情になっていた夕希に「そうか」と呟いた。

　ふっと空気が緩んだ瞬間、必要以上に強い口調になってしまったことを恥じ入る。高倉は当たり前の忠告をしてくれただけだ。いつものように笑って、やれるだけのことはやりたいと言えばよかったのだ。

「すみません。あの、ありがとうございます」

　踵《きびす》を返して自室に戻ろうとしていた高倉に、笑みを浮かべて頭を下げる。それに足を止めた高倉が夕希の方をちらりと振り返り目を眇《すが》めた。その表情にぎくりとし、何かまずいことを言っただろうかと内心焦る。

（怒らせた？　の、かな……）

　その前に言い返した時は、むしろ淡々としていたのに。気まずい空気を取り繕うように笑顔を浮かべたままでいると、高倉がこちらに向き直る。

「ずっと、そんな笑い方をしているのか?」

「……え?」

思いがけないことを言われ目を見開く。笑っているような、戸惑っているような、そんな中途半端な表情になったまま高倉を見上げる。口元が引きつっているのが、自分でもはっきりとわかった。

質問の意味が汲《く》み取れず、はいともいいえとも答えられない。振り返った時の表情から怒っているのかとも思ったけれど、こちらを咎《とが》めたりするような声ではなかった。

むしろ、何かを確かめるような……――。

「え……、と。気に障ったならすみません」

どういう顔をすればいいのか。悩む間もなく、口元が笑みを形作ろうとする。だがそれに気づき、無意識のうちに堪《こら》えようとしたことで半笑いのような状態になってしまった。

ひくりと引きつった口元に、内心焦る。けれど結局は笑って謝ることしか思い浮かばず、困ったようなそれになりつつもどうにか繕った。

「責めてるわけじゃない。単にそう思ったから、聞いただけだ」

夕希を見て何を思ったのか、高倉がフォローともつかぬ言葉を告げる。なんとなく突き放された気分になりながら、やはり笑うことしかできない。高倉の言葉に困惑しつつも、図星を指されたような気まずさを感じ、重苦しい空気から目を逸らすように夕希は猫へと視線を戻した。

背後で高倉が立ち去る気配がする。それにどこかほっとしつつ、バスタオルの上に座りこちらを見ている猫に指を伸ばす。指先に触れた柔らかな感触と温かさに慰められながら、夕希はそっと猫の背を撫で続けた。


朝、病院が開く時間になるのを待って、夕希は猫を動物病院へと連れて行った。近所に比較的新しい病院があり、以前、犬を飼っている隣家の住人がよさそうな先生だと言っていたのを覚えていたのだ。

診察時に事情を話すと、確かに野良《のら》よりは飼い猫の可能性の方が高いと言われた。昨夜は気がつかなかったが、首の辺りにも怪我をしており、何かの拍子に緩んでいた首輪が外れたのだろうとのことだった。

今後のことを聞かれ、飼うことはできないが、怪我が治るまでは自分が面倒を見て引き取り手を探すと告げた。その言葉にほっとした様子を見せた若い医師は、警察や保健所へ拾ったことを届けた方がいいこと、迷い猫のチラシの作り方などを教えてくれた。また、病院の掲示板にそういった時のために一定期間写真を貼るスペースを設けているらしく、引き取れそうな人や探している人がいたら連絡しようと請け負ってくれた。

フランスに国際電話をかけ母親にことの次第を話すと、父親の身体のことがあるから本格的に飼うのは無理だが、やれるだけのことはやってあげなさいと優しく背中を押された。

「あれ、どこ行った？」

風呂《ふろ》から上がると、リビングのソファの上で丸くなっていた猫の姿が消えていた。傷を舐めてしまわないように嫌がる猫を宥《なだ》めつつエリザベスカラーをつけたのだが、そのせいでしばらく近づいてくれなかったのだ。

怪我は可哀想だがカラーをつけた姿は可愛《かわい》くて、寝ている隙に一枚写真を撮ろうと思っていたのだが。持ってきたカメラをソファテーブルに置き、周囲を探し始める。

ソファの近くやリビングの中を見渡すが、姿が見えない。窓は気をつけて閉めていたため外には出ていないと思うが。そう思いつつ他の部屋を見て回るが、目立つはずの姿はどこにもなかった。

「まさか、本当に外に行ったんじゃ」

慌てて靴を引っかけて玄関から外に出る。小さな声で呼びかけつつ庭の方に向かい、植木やプランターの間を念入りに見て回った。

本当に、どこに行ったのか。不安になりつつ、家からの光が届きにくい庭の端の方へ向かう。けれどやはり姿はなく、どうしようかと焦り始めた、その時。

「あ……——」

微かな物音に振り返れば、リビングの窓の向こうに猫の姿が見えた。カーテンと窓の間にいて気がつかなかったのだ。こちらを見ながら窓に顔を擦りつけている猫の姿に、ほっと肩から力が抜けた。

「なんだ、やっぱり家の中……っ！」

だが、踵を返して戻ろうとした瞬間、背後から伸びてきた手に口を塞がれた。突然のことに目を見開き硬直すると、背中に誰かの体温が当たる。男だ。それだけはわかったが、驚きのあまり足が竦んで動けない。

「……──、だ」

「……──っ！」

ぼそりと、耳元で何かが呟かれる。低い男の声。だがそれを認識する前に、夕希の思考は完全に停止していた。そのまま引き摺って行かれるのを、どこか遠いもののように感じる。

（今、の……）

何も考えられなくなり、されるがままに玄関の方へと連れて行かれる。無理矢理歩かされているが、足取りはおぼつかず、視線は宙をさ迷ったままだった。

焦点が、合わせられない。とても、嫌なものが見えてしまう気がする。

「いや、だ……」

それは、見たくないものだ。譫言のように呟いた声は、口を塞いでいる掌によってくぐもった音にしかならなかった。だがそれも、ガチャリという音に遮られて耳には届かない。

背中を押され、連れて行かれそうになっていた玄関口。そこから聞こえてきた金属音に、はっとしたように背後の男が足を止めた。必然的に夕希の足も止まり、次の瞬間勢いよく背中を突き飛ばされる。

「……——っ！」

地面を擦る音とともに前に倒れ込む。無意識のうちに頭を庇うように身体を丸めたため、土に擦れた二の腕が痛みを訴えた。

「おい！」

夕希の背後から去った気配と、正面からこちらに向かってくる気配。そのどちらも意識の中にはなく、夕希はただ倒れ込んだ身体を猫のように丸めて両手で頭を抱えた。

「……やめ……っ」

意識が、恐怖に塗りつぶされていく。得体の知れないものが迫ってくる。底知れない恐怖感から逃れるように、必死で目を閉じる。

（嫌だ、いやだ、いやだいやだいやだ……っ）

誰かに腕を摑まれ、その強い力を本能的に振り払い、自分が倒れ込んでいることも忘れたまま逃げようとする。

「おい……っ！」

「や、離せ、離……っ！」

身を捩《よじ》るが、再び両腕を摑まれる。今度は幾ら振り払おうとしてもびくともせず、追い上げてくる恐怖に呼吸が乱れた。

「おい！　こっちを見ろ！」

ふわりと身体が浮遊する感覚とともに、鋭い声が意識に割り込んでくる。強引ともいえるそれに、だが勢いに押されるように目を見開いた。

「……――あ」

視界に入ったのは、険しい表情をした高倉の姿。仕事帰りだったのだろう、スーツ姿のまま片膝をつき、夕希の両腕を摑んで真っ直《ます》ぐにこちらを見据《みす》えている。浮遊感は倒れた身体を引き起こしてくれた時のものだ。ぺたりと地面に座り込んだ状態で、夕希は半ば茫然としたまま「すみません」と呟いた。

「何があった。今、誰かが逃げていったが襲われたのか。怪我は？」

真剣な声に、首を横に振る。大丈夫、と譫言のように呟きながら立ち上がった。摑まれた腕をぼんやりと見つめ、そのまま相手の腕を伝って高倉の顔を見た瞬間、顔が自然に笑みを作った。ぱちり、と。頭の中で何かが切り替わる音が聞こえる。

「空き巣だったんですかね。高倉さんが帰ってきてくれて助かりました。もう逃げちゃいましたし、大丈夫です」

「おい……？」

「あーあ、お風呂入ったばっかりだったのに。高倉さん、先にお風呂使ってください。俺も後でもう一回入るんで、お湯はそのままでいいですから」

汚れたパジャマをはたこうと腕を引くと、自然と高倉の手が離れていく。混乱から引き戻してくれた力強さ。それに安堵を感じていたことに、その感触がなくなってから気づく。

ふと、眉間《みけん》に皺《しわ》を刻みこちらを見ている高倉と視線が合う。問い詰められそうな気配にぎくりとし、だがすぐに、頬のところに血が滲んでいるのに気がついた。小さなひっかき傷。恐らくたった今、自分がつけてしまったものだ。

「……っ！　すみません、それ、俺が」

慌てて指を伸ばすと、すっと顔を引かれる。気のせいでなく避けられたそれに手を止めると、高倉がそっけなく気にするなと告げた。

「北上を呼ぶか？」

その言葉に、反射的に首を横に振っていた。知られたくない。なぜだかわからないがそう思い、声を出せないままかぶりを振り続ける。それを止めるように、二の腕辺りをぽんと軽く叩かれた。

「っ！」

倒れた時に強く擦った場所に当たり、わずかに顔をしかめる。高倉に見られないようすぐ

に俯《うつむ》いたが遅く、腕を取られ袖を肩まで捲り上げられた。広範囲にできた擦り傷が冷たい空気にさらされ、痛みを訴える。

「だいぶ擦ったな。他は？」

「大丈夫、です。本当にここだけで……」

怪我を検分する視線に居心地悪く身じろぐと、溜息とともに腕が離された。

「先に風呂に入れ。傷口を洗って手当てしておいた方がいい」

踵を返した高倉が、途中に落ちた鞄《かばん》を拾う。駆け寄ってきてくれた時に放り出したのだろう。慌てた表情など見たことがないのに、その光景に高倉の焦りを垣間見た気がして、不謹慎にもどきりとしてしまった。

そのまま後をついていくように家に向かいかけ、ちらりと背後を振り返る。庭の片隅にできた暗闇。そこにまだ誰かが潜んでいるようで、なかなか視線を外せない。

（大丈夫、誰もいない。考えるな……）

竦みそうになる身体を宥めるように、微かに震える手で右腕を押さえる。痣の辺りを何度も擦りながら、縫い止められたように動かせない視線を暗闇から引き剝《は》がした。

「……――っ‼」

声にならない声を上げ、夕希は目を見開いた。びくりと身体が大きく震え、反射的にソファに横たえた上半身を起こす。視界に見慣れた風景が映り、それが自分の家のリビングだと認識すると同時に息を吐いた。そこでようやく息を止めていたことに気づき、強張っていた身体から力が抜ける。

（大丈夫、覚えてる）

目覚めた時、こうして覚えていることを確かめるのはいつものことだ。両親にも北上にも言えないが、部屋の風景に見覚えがあるというその感覚に夕希は毎朝安堵を覚えている。うたた寝しようと横になり、一瞬だけ熟睡してしまったらしい。時計を見ると、前に見た時から十五分ほどしか経っていなかった。

（また、だ……）

嫌な夢を見た。時々見るそれは、怖いという感覚は嫌というほど胸の奥にこびりついているのに、内容が全く思い出せない。ただ、どす黒いものだけが残されたような気分の悪さに溜息をつく。昨日の夜から寝つく度に見るそれのせいで、やや寝不足気味だった。

ソファに座ったまま背もたれに背を預け、テーブルの上に置いた日記を見遣《みや》る。手に取ることを迷いつつ、少しの間じっと大学ノート半分くらいの大きさのそれに手を伸ばした。

ぱらぱらとページを捲《めく》り、ぴたりと一カ所で手が止まる。昨日の日付が書かれたそこにはページ半分ほどにメモのように猫に関することが書かれていた。病院に連れて行ったこと、迷い猫のチラシを作ること、これからのこと。下のスペースには猫の写真を貼ろうと思っていたが、結局撮り損ねてしまった。

「書かなきゃ、な」

昨夜あった出来事を、なぜか夕希は書けないでいた。詳細が上手く思い出せないというのもある。誰かに後ろから口を塞がれたことと、高倉に助けて貰ったこと。それだけは覚えているが、逆に言えばそれ以外は靄に包まれたように曖昧だった。

（……――っ）

不意に、鼓動が乱れる。記憶を辿ろうとすると、どくどくと心臓が嫌な速さで脈打つ。うろうろと落ち着きなく視線をさ迷わせ、やがて考えることをやめるようにぱたりと日記を閉じる。

昨夜からこの繰り返しだ。あまり深く考えたくない。そう本能が訴えているようだった。

ふと、テーブルに置いたスマートフォンから着信音が聞こえてくる。見れば、画面に北上の名前が表示されており慌てて手に取った。この後、北上と出かける約束をしているのだ。

「もしもし、夏樹兄？」

『夕希。悪い、今日なんだが急な仕事が入って行けなくなった』

「あ、そうなんだ。そっか、じゃあ俺一人で行ってくるよ」

『また今度と言いたいが、直しのことも考えると早めに行っておいた方がいいだろうしな……約束してたのに、悪い』

電話の向こうから聞こえてくる申し訳なさそうな声に、大袈裟だよと笑う。恐らく外からかけているのだろう。声に交じって周囲の雑音が耳に届いてくる。

「大丈夫、スーツぐらい一人で買いに行けるって」

『ごめんな。ああ、そういえば高倉はいるか？　いたら代わって欲しいんだが』

「うん、ちょっと待って」

ソファから立ち上がると、いつの間にか隣でくっつくように丸まっていた猫が立ち上がる。ストンと床に下りると、そのまま夕希を先導するようにリビングを出て行った。少しだけ脚を引き摺ったその後ろ姿に小さく微笑み、後を追う。

「すみません、高倉さん」

高倉の部屋の扉をノックすると、数秒後に扉が開く。

「どうした」

「夏……北上さんが、電話を代わって欲しいそうです」

持っていたスマートフォンを差し出すと、無言で受け取る。電話の内容を聞いても悪いだろうと、夕希は会釈をしてリビングの方へと戻った。

日曜日の今日、夕希は北上と一緒に大学の入学式に着ていくスーツを買いに行く予定だった。折角買うなら似合うのを選んでやると、以前、北上が誘ってくれたのだ。謝りつつどこか心配そうな声を思い出し、やっぱり過保護だなと苦笑が漏れてしまう。

（どうしようかな）

一人で行くとなると、途端に買い物が面倒になる。どうしても今日でなければならない買い物ではないし、人混みの中に行くには気力も萎《な》えている。またにしようか。楽な方へ心が傾き、だがすぐに、やはり外に出た方がいいかもしれないと思い直した。疲れた方が夜も眠れるだろう。

「よし、決めた」

予定通りに買い物には行こう。探したい本もある。そう思いつつ見ると、いつの間にかリビングに戻ってきていた猫が、片付けようと思っていた日記の上に乗り丸くなっていた。

「こら、もう片付けるから下りて」

猫は、リビングで作業を始めようとすると、すぐに膝の上や本の上に乗ってくる。柔らかな毛並みに触れればどける気も失せてしまい、つい苦笑で声をかけるだけになってしまう。写真を撮ろうかと思ったが、スマートフォンはたった今高倉に渡してしまい、インスタントカメラは部屋に置いたままだ。

カタリと物音がし、猫が首を上げる。立ち上がって日記の上から下りると、軽い足音とともにリビングの入り口へと向かった。その姿を視線で追い、その先にいる高倉に笑みを浮かべる。

「電話、終わりましたか？」

「ああ」

高倉のもとに向かい、差し出されたスマートフォンを受け取る。足下に猫をじゃれつかせたまま、特にうっとうしそうなそぶりを見せることもない高倉を内心で好ましく思う。

（猫も懐いてるし、やっぱり怖い人じゃないよな）

さすがに一週間も経てば高倉の雰囲気にも慣れてきた。そして時折感じていたあの苛立ったような雰囲気も、昨日の夜、何者かが庭に入り込んでいたあの夜からぴたりと感じなくなっていた。

「それで、買い物はどこに行くんだ？」

「……へ？」

唐突に声をかけられ、つい間の抜けた声が出てしまう。すぐに部屋へ戻ると思っていたのに当然のように話を続けられ、一体なんのことかと高倉を凝視《ぎょうし》した。

「スーツを買いに行く予定だったんだろう。決めていないのか？」

「え、いいえ。決めてないっていうか……今から行って決めようと思ってたんです、けど？」

ようするに、決めてないんだな。そうまとめられると、そうですねと返すしかなかった。

「なら、百貨店の方が無難か。直しが必要だろうしな」

続けられる言葉の意味がわからず、首を傾げる。夕希がスーツを買いに行くことは確かだが、どうして高倉に色々と聞かれるのか。

「はあ……えーっと」

「出かける準備ができたら呼べ……お前は留守番だ。大人しくしておけ」

足下にいる猫に向かってそう言う高倉に、ようやく思考が追いついた。というより、普通に猫に話しかけている高倉の姿に驚いて我に返ったという方が正しい。思いの外《ほか》猫の扱いに慣れているのはここ数日でわかっていたが、まさか、そんな可愛げのある姿が見られるとは思わなかった。

（いや、そうじゃなくて。そんなことより）

逸れそうになる考えを無理矢理引き戻して、高倉を見る。

「まさか……高倉さんが、一緒に行ってくださるんですか？」

「まさかも何も、北上から決定事項だと言われたんだが。聞いてなかったのか？」

「……聞いてません」

夏樹兄の馬鹿、と心の中でマイペースな北上を罵《のの し》りつつ、高倉に向かい苦笑する。

「折角のお休みですし、ゆっくりしてください。俺は一人で大丈夫ですから。夕方までには帰るんで夕飯は作ります」

この家に来てからも、仕事が忙しそうでバタバタとしていたのだ。たまの休日くらい一人でのんびりしたいだろう。そう思ってのことだったが、高倉は夕希の予想に反して「別に構わない」とあっさり告げた。

「食事を作って貰っている礼だ。今日の夕飯は、どこかで食べて帰るか」

「礼って……でも、俺が勝手にしてることですし」

「行くのか、行かないのか？」

脚をよじ上り始めた猫を片手に抱き上げそう言った高倉に目を見張る。いいのだろうか。そう思いつつ、自然と零れた笑みを隠せないまま夕希は「行きます！」と元気よく答えた。


スーツは、夕希が口を挟む間もなく決まっていった。

夕希でもよく知る大手百貨店を訪れると、そのまま紳士服売り場へ向かった。スーツなど買ったこともない夕希は、高倉に連れられるまま高そうなブランド店に入り、店員に言われるまま試着をし、何がどう違うのかもわからないまま頷くだけだった。

店に入ってから、ほぼ傍観者に徹していた高倉は、最終的に決める段階になってようやく助け船を出してくれた。選びきれずに困惑している夕希に好みの色を聞き、店員と一緒に小物までさくさくと決めていったのだ。

最終的に買ったのは、濃いブラウン系のスーツだった。全体的に柔らかい印象のため、グレーかブラウンがいいのではないかと薦められ、細身のデザインのものを数点試着したのだ。その中でも高倉が選んだのは、実のところ一番値段が高く――着心地がよかったものだった。

値段を見たのはスーツだけだが、あれもこれもと足していった時の金額を考えると血の気が引きそうになり、やっぱりやめますと言おうとしたのだが間に合わなかったのだ。

そうして茫然とするまま、気がつけば、夕希は両親から預かったスーツ代の封筒を開ける間もなく店を出ていた。

「高倉さん。あの、やっぱりお金……」

「北上からの入学祝いだって言っただろう。払いたいなら、俺じゃなく北上に言え」

「うう……」

同じ言葉を繰り返され、反論を封じられる。

上から下までひと揃《そろ》えを計算した金額を、店員はなぜか高倉のところへ持っていった。慌てて夕希が止めようとしたが、高倉はそれが当然とばかりにカードを店員に渡したのだ。

もちろん、店員が会計のためその場を離れたのを機に慌てて現金の入った封筒を渡そうとしたのだが、先ほどのように「北上からの入学祝いだ」の一言であしらわれてしまった。そしてさらに、そんな封筒を人目のあるところで出すなと窘《たしな》められ、おずおずと鞄に仕舞うしかなかったのだ。

実際に後で北上に請求するのかもしれないが、それにしたって、だ。

（夏樹兄の馬鹿）

会って間もない人に大金を出させるような状況、居たたまれない以外の何物でもない。多分このために、北上は高倉について行くように言ったのだろう。

スーツの直しがあるため、靴だけ持って帰り後は店に預けてある。選ぶのにどのくらいかかるかわからず、先に注文していた本を受け取りに本屋に寄ってしまったため、既に重い荷物があったからだ。

「それで、他に買い物があるんだったか？」

「はい。後、両親の結婚記念日のお祝いの下見に。でも、他に見たいものがあったら一人で行ってくるので……」

「ここまで来たら一緒だ」

別段億劫《おっくう》そうな様子もなくそう言う高倉に、ありがとうございますと微笑む。

「店は、ここの地下から出て地下街通っていけば近道なので。ちょっと歩いたところに銀食器のお店があるんです。多分、まだ開いてると思うので」

「ああ」

言いながら歩いていると、ふと、高倉が話しかけてきた。

「そういえば、大学は何学部に行くんだ？」

「文学部です。本が好きなので。後はやっぱり、父親の影響でしょうか」

「フランス文学の研究者として有名らしいな」

「って、聞いています。詳しいことは俺も知らないですけど。でも、そうですね。フランス語と英語は両親に習って、そこから外国の本とかにも興味を持ちました」

「両方読めるのか」

感心したような響きを声に感じ取り、一応ですけど、と笑う。

「英語よりは、フランス語の方がまだわかります。母の母国語なので、一時期、家の中でフランス語だけ使って生活してた時期がありました」

言葉を覚えるには、日常的に使うのが一番。そう言った母親は、夕希に言葉を教え始めた頃、わざとフランス語ばかりを使っていた。どうしても伝わらない時だけ日本語で教えてくれ、再びちゃんと自分の口で繰り返させる。

「スパルタだな」

「俺が覚えたいって言ったのが嬉しかったらしいです。でも、新しいことを覚えるのは楽しかったですから」

記憶を失ったことで、自分の中に大きな空洞ができていた。新しいことを覚えたかったのは、その空洞を少しでも埋めてしまいたかったからだ。だから今でも、本を読んだり勉強したりするのは好きだった。

「だから大学も楽しみです。同年代の知り合いがいないから、上手くやっていけるかはわからないですけど」

何気なく続けたそれに、高倉が一瞬怪訝《けげん》な表情を浮かべる。そういえば、相手は事情を知らないのだ。いつもの調子で話していたことにしまったと思っていると、高倉が進行方向を指した。

「地下まで行くなら、エレベーターで行った方が早そうだが。どうする」

「は、い」

追求されなかったことにほっとしつつ、だが言われたそれへの返事が遅れる。わずかに躊躇ったものの、すぐに大丈夫だろうと思い直した。恐らく、夕希が持っている本が重いことを気遣ってくれたのだ。頷いてそちらへと向かう。

実のところ、昔の事故のせいで暗くて狭い閉鎖空間が苦手なのだ。部屋くらいの広さがあればまだいいが、夜はいつも常夜灯を点《つ》けて寝ている。その片方だけ――暗いか狭いだけ――であれば、特に問題はない。

そういえば、さっきのように他愛のない話を高倉としたのは初めてだ。というより、高倉が用事以外の話題を振ってきたことが、だろうか。

（アメリカでの話とか、仕事のこととか、聞いてみたいんだけど）

夕希は、誰かの話を聞くのが好きだ。北上にもよく、普段どんなことをしているのかと聞いては苦笑されている。好奇心の塊みたいなやつだな。そう言われることもしばしばだった。

知らないことを、知るのが好きなのだ。

（好き――なの、かな）

少し、違う気はする。知らないことが怖い、に近いのかもしれない。

ただ、自分に踏み込んで欲しくない領域があるように、相手にもそれがあることは身をもって知っている。だから、北上が言わないことは絶対に知ろうとしなかったし、聞くこともしなかった。

だが、目の前にいる高倉に対しては、どこまで自分が踏み込んでいいのかがわからない。世間話というレベルが、相手にとってどの程度のことまでなのか、それを判別するのに絶対的な経験が足りなかった。北上や両親、そして時折訪れる父親の教え子。皆、多かれ少なかれ事情は聞いており、夕希が非常識なことをしても見逃してくれた。

（難しいな）

だが、これから学校に通うことになれば、こういうことは日常茶飯事となるのだ。両親が大学入学を薦めてくれたのは、社会に出る前に、集団の中に慣れる必要があると判断したからだった。

夕希は、今の家に引き取られて以降、学校には通っていない。正確には、通えなかったという方が正しいだろう。

小学校には、まともに通っていなかったのではないか。もしくは、事故時の記憶と一緒に一部の知識が失われてしまったのではないか。そう評されるほど、当時の夕希は知らないことが多かった。小学校低学年相当の問題もほとんど解けず、漢字が全く読めない。けれど話すことはできる。そんな状態だったらしい。

そしてまた、事故直後よりしばらくしてからの方が情緒的に不安定になり、過呼吸を起こしたり突然不安に襲われパニックになったりと、学校の中で集団生活を送るにはかなりの弊害があった。事故後からずっと通っているカウンセリングも、今は半年に一回だが、当初はほぼ毎日だった。元々、見つかってしばらくの間は入院して治療を受けることを薦められていたのだが、夕希が子供だったのと引き取り手があったこと、平常時の精神状態は安定していたことからカウンセリングに通うだけでよくなったのだ。

そのため中学校には通わず、家庭教師をつける形で学力を補っていった。その時に勉強だけでなく色々なことを教えてくれたのが北上だった。

その後、結局学校に通わないまま高卒認定の試験を受け、大学にも合格した。

エレベーター前に辿り着いて間もなく、タイミングよく一基が止まる。時間が遅いせいか人はあまり乗っておらず、待っていた数人とともに乗り込んだ。高倉と並び空いているボタン近くに立つと、地下を押す。

振動もなく動き始め、階数表示のボタンが順に点灯していく。唯一、下降しているとわかる表示を、それを証明するような微かな重力を感じながら眺めていると、先客が押していたのであろう一階で停まる。開くボタンを押し、人の出入りがなくなるのを待って再び扉を閉めた。乗っていた人は全員降りてしまい、夕希と高倉だけが残される。

「高……――っ！」

だが、扉が閉まり動き始めた瞬間、がくりとエレベーターが小さく揺れた。同時に中の明かりが消える。突如放り出された真っ暗な空間に、声を出すのも忘れて息を呑む。

「……――」

「停電か？　……にしても、非常灯まで消えたのは故障か」

溜息交じりの高倉の声も、夕希の耳には入っていない。ただ本能的に、助けを求めるように声のする方に向かって手を伸ばした。指先に触れた柔らかなものを思い切り握る。震える手から、持っていた荷物が滑り落ちた。

「おい、どうした」

頭上から落ちてくる訝しげな声。全ての音が耳を素通りしていき、何も考えることもできない。ただ怖いという感覚に支配され、呼吸が乱れる。荷物を落とし空いた方の手で胸元のシャツを摑むと、短く何度も息を吐いた。

（苦しい。息が、できない……）

呼吸の仕方を忘れてしまったように、上手く息が吸えない。じっとりと浮かんできた冷や汗を感じることもできず、そのまま膝をつきそうになる。

「……――っ」

だが倒れる寸前、縋《すが》るように何かを摑んでいた腕が大きな手に捕らわれる。そのまま強い力で引き寄せられ、上半身が温かなものに包まれた。

「大丈夫だ。怖いなら、目を閉じておけ」

身体を通して伝わってくる低い声に、反射的に目を閉じる。周囲が暗いという情報が遮断されると、少しだけ恐怖が和らいだ。身体を包む体温が一人ではないと教えてくれ、無意識のうちに身を寄せる。

背中に回った手が、ぽん、ぽんと宥めるように軽く背中を叩いてくれる。規則正しいそれに合わせるように、乱れていた呼吸が徐々に落ち着きを取り戻し始めた。

「……――点いたか」

低い呟きに、ふっと目を開ける。見れば、エレベーターの中の電灯が点《とも》っており、どっと身体から力が抜けた。がくりと膝が崩れそうになったところを、背中に回った腕が支えてくれる。

「あ……――」

明かりが点ると同時に非常ボタンを押した高倉が、スピーカーから聞こえてきた声とやりとりを始める。その様子をぼんやりと見ながら、夕希はようやく自分が高倉に抱き締められていることに気がついた。夕希の両手は、しっかりと高倉のシャツを摑んでいる。

「大丈夫か？」

問われ、茫然としたまま頷く。離れなければ。そう思うのに、洋服越しに伝わってくる体温がもたらす奇妙なほどの安心感に、なかなか離れられない。

「すみ、ません……」

もう少しこのままでいて欲しい。そう願うように呟けば、応えるように、高倉の手が軽く背中を叩いてくれる。ほっと息を吐き、高倉のシャツを掴んだ微かに震えの残る指先に力をこめた。

最近は、暗い場所にも少しずつ慣れてきたと思っていたのに。憂鬱《ゆううつ》な気分でそう思う。いつまでも苦手なままにしておきたくはないと、夜寝る時に部屋の電気を消してみたりと色々試してはいたのだ。もう少し広い空間なら、そして心構えをする余裕があったなら、少しは違ったのだろうか。いつまで経っても恐怖心を克服できない自分自身が悔しく、小さく唇を噛む。

「動いたな。歩けるか？」

「だい、丈夫、です。すみません、あの……」

「話は後だ」

高倉の手が離れていく。触れていた体温がなくなり、喪失感を覚えながら落とした荷物のことを思い出し拾おうとする。だが隣から高倉の手が荷物をすくい取った。

「あ……」

自分で持つからと言う間もなく肩に手を回され、身体を支えられる。エレベーターの扉が開き外に出ると、連絡を受けたらしい店員が慌てた様子で声をかけてきた。手短に故障していたことを説明した高倉は、連れの体調が悪いからとすぐにその場から離れる。

「今日はこのまま帰るぞ。いいな」

「はい……あの、もう大丈夫です」

控えめにそう言うと、ちらりとこちらを見た高倉がすっと肩に回した手を外す。夕希が一人で歩けるのを確認すると、そのまま車を置いた駐車場へ向かって歩き始めた。

その背中を追いかけながら、夕希は先ほどまで感じていた温かさを思い出すように、指先でそっと自身の肩に触れた。


高倉の運転する車で家に戻ると、夕希は先に入ってこいと風呂場に押し込まれた。遠慮する気力もなく言われるまま風呂につかり、ぼんやりと天井を見上げ――食べて帰る予定だったため、夕飯の準備を何もしていなかったということに気がついたのはその最中だった。

「すみません！　そういえば夕飯……が、出てきた？」

髪を拭くのもそこそこに、リビングに駆け込む。だが何もないはずのダイニングテーブルには、いつの間にか美味《おい》しそうな料理が並んでいた。

「……出てきた、じゃないだろ」

ぽかんとして呟いたそれに、笑いを噛み殺したような声が答える。目を見開いて振り返れば、口端を小さな笑みの形にした高倉が立っていた。面白いことを聞いた、といったその表情に、どこに一番驚けばいいのかわからなくなり茫然とする。

（笑ってる）

笑えたんだ。そんな失礼ことを考えていると、肩にかけたタオルの端を持ち上げられる。ぱさりと頭の上にかけられ、ちゃんと拭け、とタオル越しに頭の上に掌が置かれた。

「はい。あの、え、と……」

この状況はどう見ても、夕希が風呂に入っている間に高倉が夕飯の準備をしてくれた、というものだろう。礼を言わなければと思うのだが、目の前にいる高倉の印象がこれまでと違いすぎて頭の中が混乱していた。

「座れ。食べたら、今日はさっさと寝ろ」

いつも通りそっけなく言われた、けれどどこちらを気遣うような言葉に不意に納得する。気を紛らわせるために、わざと普段とは違う態度を取ってくれているのだ。かといって理由を詮索してくることもない。先日の夜も夕希が取り乱したことを聞かずにいてくれたし、多分、言いにくいことだと察してくれているのだろう。もちろん、興味がないだけという可能性も

あるにはあるが。

（どこまで、話せばいいかな）

迷惑をかけた原因くらいは説明しておきたいが、全部を話す必要はないだろう。昔の記憶がないんです、などと言われても相手も困るだけだ。

「高倉さん、今日はすみませんでした」

食事の前にこれだけは、と椅子に座る前に頭を下げた。

「謝られる覚えはないが？」

「でもこうやって夕飯を作って貰うことになったし……あ、夕飯もありがとうございます。すみません」

「こんなのは、できる方がすればいいことだ。お前だって作ってるだろう」

いいからさっさと座れ。再び促され座ろうとしたところで、いつもの習慣で視線がテーブルの上をさ迷う。目的の物がリビングに置いた鞄の中に入れっ放しだったことを思い出すと同時に、ここにいるのが両親ではないため了解を取る必要があることに思い至った。

気まずさと誘惑の狭間で迷い、最終的には誘惑に負け、そわそわと口を開く。

「あの。これ、写真撮ってもいいですか？」

「……？　ああ、別に」

不思議そうな表情をした高倉を横目に、いそいそと鞄からインスタントカメラを取り出してくる。手早くテーブルの上の料理を一枚撮り、ありがとうございますと頭を下げた。後で日記に書こう。嬉しさに自然と口元を綻ばせつつ、これ以上待たせて料理が冷めても失礼だと慌てて座った。いただきます、と手を合わせてテーブルの上を眺める。

「凄《すご》い……料理、得意なんですね」

「たいしたものは作っていない。一人暮らしが長かったから、否応なしにできるようになっただけだ。ああ、冷蔵庫の中身は勝手に使ったからな」

二人の前に置かれているのは、丼《どんぶり》に入ったうどんだった。鶏肉とにんじん、葱《ねぎ》、椎茸《しいたけ》、わかめを具にし、柚《ゆず》が散らされている。ふわりと鼻腔《びこう》をくすぐる出汁とそこに交じるほのかな柚の香りが、思わぬトラブルで忘れていた食欲を刺激した。

中央に置かれた広めの深皿には、圧力鍋で作ったのだろう、鶏の手羽元と大根とにんじんを煮つけてそぼろ餡《あん》をかけた煮物が盛りつけられている。うどんの横には、湯豆腐《ゆどうふ》が入った小皿が置かれ、薬味の生姜《しょうが》が乗せられていた。

母親が、和食よりは洋食の方が得意なため、夕希はまだあまり和食が上手く作れない。自分ではなかなか作れない料理に、嬉しくなりながら箸《はし》をつけた。

「……美味しい！」

思わず声に出したそれに、高倉のそうかという声が淡々と返ってくる。濃すぎず薄すぎず、ちょうどいい出汁の味。鶏肉の旨《うま》みが染み出しており、うどんがするすると胃に収まっていく。煮物も、大根に味がよく染み込んでおり箸で割ると簡単に崩れた。

改まって話すのも躊躇われ、食事中に世間話として事情を話そうと思っていたのだが、それも忘れて夢中で箸を動かす。気がつけば皿の中は綺麗に片付いており、しまった、と食べ終わった後に心の中で呟いた。

折角作って貰ったのだから、味わって食べなければ申し訳ないし。自分に言い訳をしながら、ごちそうさまと再び手を合わせる。

「美味しかったです。あ、食器は片付けます。お茶飲みますか？」

「ああ」

「……それと、少しだけ話をさせて貰いたいんですけど」

時間は大丈夫だろうか。そう問えば、別に構わないと頷かれる。ありがとうございますと微笑み、急いで皿を片付け始めた。

二人分のお茶を準備してダイニングに戻ると、高倉の姿が消えていた。あれ、とお盆を持ったまま足を止めると、横合いからリビングの扉が開いた。一緒に聞こえてきた小さな鳴き声に頬が緩む。

「お茶、入りました」

「ああ。おい、降りろ」

今までどこにいたのか、猫が高倉の肩によじ上っていた。様子を見つつエリザベスカラーを外していたのだが、どうやらまた舐めていたらしい。片手に持っていたそれを高倉が床に下ろした猫に再びつける。

嫌がる猫に手際よくカラーをつけてしまうと手を離す。先ほどまで高倉にじゃれついていたのが嘘《うそ》のように走り去っていき、つい笑ってしまった。

「そっちに置きます」

リビングのソファテーブルに、二人分のお茶を置く。向かい側に高倉が座ったため、そのままお盆を置いてソファに腰を下ろした。と、走り去っていた猫が足下に寄ってきてソファに上ると、そのまま夕希の傍に座る。腰に当たる温かさが、緊張で強張っていた気持ちを少しだけほぐしてくれた。

「北上さんから、俺のことどう聞いてますか？」

「弟みたいなやつがいるってのと、少し前に襲われかけて一人で留守番させるには危なっかしいから、家探すまでここに下宿しろってことくらいだが。それが？」

問い返され、何と言ったものかと逡巡《しゅんじゅん》する。口を閉ざした夕希に代わり、高倉が続けた。

「暗いところは苦手なのか」

直球で問われ、かえって力が抜ける。頷き、だがそれも違うかと首を横に振った。

「暗くて、狭いところが苦手で。どっちか片方だけなら平気です。昔、事故に遭った時にトラックの荷台に入ってたから。多分、そのせいで」

「事故？」

「はい。小さい頃に、えーっと……」

そこまで言って、どう説明すればいいかに迷う。自分で昔のことを説明するのは初めてなのだ。原因を曖昧にぼかす方法がわからず、かと言って黙り込むわけにもいかず、内心焦り始めた。

（しまった、ちゃんと順序立てて考えとけばよかった）

話さなければということに気を取られてしまい、どう話すかを全く考えていなかった。

「玉突き事故で、それで、記憶が……あ」

「記憶？」

あたふたと思いつくままに説明を並べようとすると、黙っていようと思っていたことまでぽろりと口走ってしまう。一瞬焦り、だが訝しげにこちらを見ている高倉に、なんとなくまあいいかと苦笑した。夕希自身は、別段知られて困ることはない。ただ、相手が反応に困るだろうと思った、それだけだ。

恐らくこの人は、話したところで戸惑いはしないだろう。これまでの様子から、それだけは自信を持って言えた。

それに言っておけば、一つだけ気をつけて貰えることが増える。

（みんな言わないけど、その可能性だってあるんだから……）

ふっと思い出した昏《くら》い可能性を振り切り、苦笑したまま高倉を見遣った。

「十歳くらいの頃に事故に遭って、記憶がなくなって。その後、ここに引き取られてきたんです。見つかったのが、トラックの荷台の中で。運がよかったって言われました」

「昔のことは、全く覚えていないのか」

「はい。今でも思い出せるのは、病院で目が覚めてからのことだけ……あ、でも。俺は覚えてないんですけど、ユウキって名前だけは事故直後に自分で言ったらしいです」

そうか、と言いながら、高倉がテーブルの上に置いた湯呑みを手に取る。静かに一口飲み再び口を開いた。

「それで？」

「……あ、いえ。変なとこ見せちゃったので」

「生きてりゃ、苦手なものくらい幾らでもできる。嫌いだったら、泣いてもわめいてもおかしくはないだろう」

「さすがに、泣きわめきはしないですけど」

詮索することもなくあっさりと話を終わらせてくれる高倉に、笑いながら訂正する。さすがにここまで淡泊な反応が返ってくるとは思わず、逆にこっちが戸惑ってしまう。

「あの」

どうしようかと迷いつつ、何と言って切り出していいかもわからず口を閉ざす。いきなりこんなことを言われても困るだろう。けれど、不安なそれを押し殺しきることもできずに唇を噛む。

「何だ。言いたいことがあるなら言え」

背中を押してくれる言葉に、ぱっと顔を上げる。こちらを見ないまま静かにお茶を飲む高倉の姿に促され、言葉を選びながら口を開く。

「ここにいる間だけ、家のことを気にかけておいて欲しくて。俺一人残して心配なのは、家のこともあるんです。もし記憶が戻った時、どこかに行かないとも限らないから」

「誰かがそう言ったのか?」

「いえ……それは」

咄嗟に思い浮かびそうになった光景から目を逸らすように俯く。面と向かって言われたことはない。ただ、聞いたことはあったけれど。

それは当然の心配だった。その時までそういったことを考えなかったのは、この家での生活があまりに穏やかで幸せだったせいだ。

『ああいうのって、記憶が戻った時にそれまでのこと全部忘れるってのがセオリーだろ。先生達も一人で置いとくのは怖いんじゃねえ? 記憶が戻った時に誰もいなかったら、何されるかわかんねえし』

『えー、でもそんなことする子には見えなかったよ』

『今はそうでも、昔はどんな育ちしてたかわかんないだろ』

あれは確か、母親が急遽《きゅうきょ》一週間ほど故郷のフランスに帰らなければならなくなった時のことだった。まだ一人で家にいることができなくて、昼間父親の仕事場に連れて行かれ研究室の隅で本を読んでいた時のことだ。その頃は人見知りが激しく、両親と北上以外とはほとんど話もできなかったため、研究室に出入りする学生達に話しかけられても顔を上げずに本を読んでいた。

子供だからと油断したのだろう。授業の準備か何かだったのか、隣の準備室で作業をしていた学生数人がそんな話をしていたのだ。その時、運悪く準備室と研究室を繋ぐ扉が閉まりきっていなかったため、抑え気味の声だったものの丸聞こえだった。

その後、扉が開いていることに気づいた学生が慌てて話を止めたが、夕希は知らぬ顔で本に視線を落としていた。実際のところ、その可能性に気がついた衝撃の方が大きく、その学生達に何かを思うほどの余裕もなかった。

「この間会った時は、引き取った後にそんな心配をするような間の抜けた人達だとは思わなかったがな」

むしろ、一人の時に記憶が戻って誰もいなかったら『お前が混乱するだろう』っていう心配ならしそうだったが。そう続けた高倉に夕希も頷いた。

「両親は、そうですね」

そう考えてくれる人達だ。だからこそ、ここにいられなくなったらと思った時の恐怖心が消えてくれないのかもしれない。優しい場所だからこそ、失いたくない。そしてふと、猫を見つけた時に高倉から言われたことを思い出した。

そんな笑い方――それは多分、人の顔色を窺いながら、ということだろう。考えないようにはしていたが、自覚はあった。

「もし、俺の笑い方が……不自然、なんだとしたら。ここ以外に行くところがないから、嫌われたくなくて、そうなってるのかもしれないです」

途切れ途切れになるのは、自分でも卑屈だとわかっているからだ。だが、そういった気持ちがいつも心のどこかにあることも確かだった。今の両親も北上も、自分が何か間違ったことを言えばちゃんと言ってくれるし、笑わなかったからと言って突き放されることもないと知っている。少なくとも、十年近い年月を経た今それを疑う気持ちはない。

それでもなお、自分でも解消できない不安が胸の内に巣くっている。高倉に指摘されたのは、普段意識していないそんな部分だった。

「俺が言ったことなら気にするな。判で押したような笑い方するから、笑いたくなきゃ笑わなくてもいいだろうと思っただけだ」

気にするなと言いつつ、何のフォローにもなっていない台詞に笑いがこみ上げる。

北上の、そういうやつだ、という意味がようやくわかった気がした。基本的に他意はないのだろう。オブラートに包むことをしないからきつく感じるのだ。

「俺は、お前とも周りの人間とも利害関係がないからな。俺に何を言っても、今のお前の状況が変わることはない。なら、別に無理して笑う必要はないだろう。言いたいことは言えばいい……そいつを拾った時みたいにな」

そう言って、ちらりと夕希の隣に視線をやる。そこには丸くなって寝ている猫の姿があり夕希は起こさないようにそっと背中を撫でた。

「ガキに何か言われたからって、いちいち言いつけやしない」

肩を竦めた高倉に、わざと顔をしかめてみせる。

「もうすぐ二十歳です」

「言われて気になるのは、ガキの証拠だ」

鼻先で笑われたそれに、だがどうしてか楽しくなり笑みが浮かぶ。胸の奥が温まるような感覚。くすくすとこみ上げてくるままに笑うと、高倉がほんの少し優しげに目を細めた。

翌日の早朝、夕希は庭の一角にしゃがみ込み黙々と草を抜いていた。

様々な草花を植えている庭は、しばらく放置すると見る間に雑草だらけになってしまう。

他の花に養分が行き渡らなくなってしまうため定期的に草むしりをしているのだが、夕希はこの作業が割合好きだった。普段は母親の指導の下やっているが、今は一人のため、花を抜いてしまわないよう気をつけながら抜いていく。無心でできる作業は、頭の中を空っぽにしたい時にちょうどよかった。

ねじり鎌で土を軽く掘り返し、根元の方を持って引き抜く。根から土を落として元に戻すと、抜いた草を集めるための袋に入れていった。

朝食前にやってしまおうと早い時間から始めたため、まだ薄ぼんやりとした明るさで、周囲も静寂に包まれている。もう少ししたら、通勤や通学の人々でざわめき始めるだろう。

そんな中で黙々と続けていると、頭上からふっと影が差した。

「こんな時間から何をやってる」

「草むしり、ですけど」

見えませんか、と軍手をはめた手で抜いた草を示す。目を細めてこちらを見る高倉の表情には以前感じた苛立ちのようなものはなく、単に呆れているのだとなんとなくわかった。へへ、と笑ってみせると、ふと眉を顰められる。

「調子が悪いのか」

その一言に笑みが固まる。咄嗟に隠しきれなかった驚きに、やっぱりな、と言いたげに高倉が続けた。

「なら、そんなことしてないで寝てろ」

溜息交じりに言われ、大丈夫ですと苦笑する。本当に、そんな大袈裟なものではない。

「変な夢見て、熟睡できなかったから。単に寝不足なだけです」

この間からずっと、嫌な夢を見る回数が増え、何度も目を覚ましてしまうのだ。昨夜は、一度起きた後どうにも寝つけなくなり諦めて起き出した。明け方になるまで本を読んだりして気を紛らわせていたため、あまり寝ていない。

逆に言えばそれだけで、どうしてわかったのだろうと内心で首を傾げた。別段気分が悪かったわけでもなく、普通にしていたのだ。

(昨日の今日、だったからかな)

出かけた時のこととその後の話のせいで、高倉には元気がないように見えたのかもしれない。夕希が引き摺っていると思ったのだろう。実際のところ、ああいうことは初めてでもなく、むしろ高倉に話したことで吹っ切れた部分もあった。

それより、と持っていた草から土を払って袋に放り込む。

「高倉さん、もう仕事ですか？　じゃあ、朝ご飯……」

「いい、まだやるなら続けろ。今日は休みだ」

腰を上げかけたところを制され、再びすとんと腰を下ろす。しゃがんだまま見上げれば、高倉が顎で続けるように促してきた。

「午後から、家の下見に出てくる」

これまでは、一日の予定など話すこともなかった。突然のそれに驚きつつも、距離が近づいたようで嬉しく口元が綻ぶ。

「いいところが見つかるといいですね。家は、職場の近くで？」

「いや。下手に近いと面倒だからな」

「へえ……あの、仕事のこととか、聞いてもいいですか？」

草を抜きながら隣に立つ高倉を見上げると、無言で肯定される。ほっとして、再び地面に視線を戻しながら続けた。

「弁護士さんって、どんな仕事ですか？」

「えらく広義だな……それで言えば、依頼人の権利を守る仕事ってとこか」

細かい内容になると専門分野が色々あるからな、と付け加えられる。

「じゃあ、高倉さんは」

「色々だ」

あっさりと返ってきた適当すぎる答えに、ふざけているのか細かく聞くのがまずいのか計りかねてしまう。眉を下げて見ると、軽く肩を竦めた高倉が続けた。

「昔は民事もやっていたが、今は、企業法務が主だな。後は、海外訴訟だとか知財関係か」

ほうむ、そしょう、ちざい。言葉はなんとなくわかるが、想像がつきそうでつかず言われたそのままを繰り返す。

「アメリカに行ってたんですよね」

「ああ。向こうで弁護士資格を取ったりしたからな」

今いる事務所の所長の知己がニューヨークで法律事務所を開いており、研修を兼ね数年そこで働いていたらしい。もちろん、そこでの弁護士資格を改めて取る必要があり、現地でロースクールに通い、ニューヨーク州の弁護士資格を取ったのだという。

日本や米国の企業間の交渉や、訴訟や仲裁、知的財産関連訴訟の代理など、仕事内容は耳慣れないものが多い。わからないまま頷いているのがわかったのだろう、だから色々だって言ったただろうと笑われた。

「調べて覚えるからいいんです」

言ってもわからないと、そう言われているような気がしてふてくされたように返す。

「興味があるなら、聞け。教えられることは教えてやる」

思いがけないそれに目を見張る。驚きも露《あらわ》な夕希に何を思ったのか、こちらを見下ろしていた高倉が目を眇めた。

「ところで、今思ったんだが……お前、それ」

「え？」

やや間を空け、改めて声が落ちてくる。手元で草を抜きながら聞くと、高倉が視線をちらりと抜いた後の草に移した。

「多分、花抜いてるぞ」

「え、嘘！」

「そんな嘘ついてどうする」

持っている草を改めてまじまじと見る。こんもりと地面に生えている緑のそれらは見覚えがない。そう思っていると、溜息交じりで答えが与えられた。

「アジュガじゃないのか、それ」

「……え」

そういえば、その名前は聞いたことがある気がする。そろそろと抜いたものを土に戻し、うう、と項垂《うなだ》れた。これに限って言えば、まだあまり抜いていなかったからよかったけれど。

「見分けがつかないものは置いておけ。雑草ならすぐ育つ。定期的にやるなら、種類を決めて抜いた方が効率もいい」

的確な指示は、以前母親からも言われたものだ。高倉の話を聞けるのが楽しく、また見られていることで調子に乗って見覚えのないものまで抜いてしまっていたのが仇《あだ》になった。

（にしても、なんで花にまで詳しいんだこの人）

料理も上手くて、草花にまで詳しく、仕事もきっとできるのだろう。歳が離れているとはいえあまりにもできすぎだと、負けたような気分で高倉を見上げた。恨みがましげな夕希の視線を受け止めた高倉は、小さく目を見張り、だがすぐに鼻であしらうように笑う。

「まだまだ、だな」

小馬鹿にするようなそれに、夕希はいつか見返してやると心に誓い唇を尖らせた。


温かい紅茶と甘い香り。

夕希は、昔から甘いものが大好きだった。初めて母親にケーキを作って貰った時、あまりの美味しさに夢中で食べ、その後しばらく食べたいものを聞かれてケーキとしか言わなかったほどだ。

その頃よりはましになったが、それでも未《いま》だに甘いものは好きだった。

リビングのソファに座り、にこにこしながらケーキを頬張っている夕希の姿を、隣に座った北上が呆れた表情で見ている。といっても、それはいつものことだから気にしていない。それよりも正面に座る、高倉の視線の方が気になった。

高倉も、最初はいつもの通り無表情だった。北上と近況を話しながら、夕希が出した紅茶を飲んでいたのだ。だが、二つ目を手に取ったところで若干引きつり、三つ目に入ったところで胡乱《うろん》げなものとなった。

高倉と買い物に行って一週間が経った頃。夕食を終えた時間に、ようやく時間が取れたからと北上が訪ねてきた。お土産にと買ってきてくれたケーキを受け取り、二人に食べるかと聞いたのだが、両者から返ってきたのは「いらない」の一言だった。

（こんなに美味しいのに。もったいない）

そう思いつつ、黙々と食べる。一度に食べるのは三つまでと言われているため、最後の一欠片《かけら》を食べてフォークを置いた。ごちそうさま、と手を合わせた後、隣の北上にもう一度ごちそうさまと告げる。

「相変わらず、甘いもの食べてる時はご機嫌だな」

「夏樹兄も高倉さんも、甘いもの嫌いなんてもったいない。損してると思うけど」

「俺達は他に好物があるからいいんだよ。お前が刺身《さしみ》だとか寿司《すし》が苦手なのと一緒だ」

夕希は、貝類を除き生魚全般が苦手だ。必然的に生魚を使う寿司は食べられない。確かにと顔をしかめつつ紅茶を飲んでいると、正面にいた高倉が、眉を顰めたままようやく口を開いた。

「……――幾らなんでも、三つは食いすぎだろう」

見てるこっちが胸焼けしそうだ。ぼそりと呟かれたそれにきょとんと首を傾げた。

「普通です、このくらい」

「普通じゃねえよ」

「普通です」

押し問答を始めた夕希と高倉を面白そうに見遣りながら、北上が夕希の頭をわしわしと撫でてくる。

「放っておいたらホール一個食うからな。これで制限かけられてるんだよ」

「それ、かけたの夏樹兄じゃんか。母さん達も未だに律儀に守って、三つまでしか食べさせてくれないし」

むっとしながらそう告げれば、当たり前だろうと撫でていた手で頭を小突かれる。

「なんでも食べすぎはよくないんだよ……っと、電話か？」

「俺だ」

高倉が立ち上がり、シャツのポケットからスマートフォンを取り出す。今日は休日で仕事が休みのため、朝からラフなシャツとチノパンという姿だった。午前中から部屋で仕事をしていたらしかったが、午後になってリビングに顔を出し、翻訳仕事をしている夕希の向かい側で英語の資料のようなものを読んだりしていた。

「はい」

どうやら仕事の電話らしい。返事をしながらリビングを出て行った高倉の背を、北上と二人で見送る。

「あいつと上手くやれてるみたいじゃないか」

楽しげな口調で言われ、まあ、と曖昧に答える。

「前に不安そうなこと言ってたから心配してたんだが、取り越し苦労だったみたいだな」

「記憶がないこと話した頃から、わりと普通に話してくれるようになったから……多分、気を遣ってくれてるんだと思うけど」

「普通に、な……そうか、話したのか」

「え、まずかった？」

思わず聞き返すと、お前がいいと思ったならまずくはないよと笑われる。

「まあでも、あいつはともかく、学校に行き始めたら事情を知らない人間と関わることが多くなるからな。話す相手はちゃんと見極めろよ」

利用される可能性だってあるってことを覚えておけ。そう続けられ、わかってる、と頷いた。それは、ある程度大きくなった頃から北上に言われていることだった。人を見る目を養え。必ずお前の武器になるから、と。

「にしても、今日来た時は驚いたな。お前はともかく、あいつがなぁ」

「俺はともかくって、何？」

しみじみと呟いた北上に、首を傾げる。

「お前、最初にあいつここに連れてきた時、かなり腰が引けてただろう。愛想笑いもいいとこだったのが今日来たらいつも通りになってたからな。案外慣れるのが早かったか」

高倉がどうだったのか、それを聞きたかったのだが、返ってきたのはどこかはぐらかすような答えだった。少しの違和感とともに、けれど北上があえて言わないことなら追求はしない方がいいのだろうと言葉のままを受け入れる。

「……それ、似たようなこと高倉さんにも言われた。無理して笑わなくていいって、言ってくれて、だから」

そして高倉に言われたことを告げようとするが、なぜだか気恥ずかしく、語尾が曖昧になっていく。一方聞いていた北上は、なぜか驚いたような顔をしていた。

「それ、あいつが言ったのか？」

「うん」

見た目怖いけど、いい人だね。そう言おうとしたところで、北上が不意に真面目《まじめ》な表情で考え込んでいることに気づく。

「夏樹兄？」

「ああ、いや。なあ夕希、そのうちあいつとゆっくり話をしてみてくれ」

「え、なんの？」

「別に、なんでもいいよ。あいつ友達少ないからな。仲良くしてやってくれってことだ」

「友達少ないって……」

そんなことはないだろう。そう言おうとしたところで、リビングの扉が開いた。電話が終わったのだろう、高倉が戻ってくる。

「なんだ?」

北上と夕希、二人分の視線を受けて眉を顰める。そこで、北上に渡そうと思っていたものがあることを思い出し、入れ替わるように夕希が席を立った。

「そうだ。夏樹兄、貰ってた仕事、終わったからファイル渡しといていい?」

「ああ、頼む」

待ってて、とリビングを出て二階の自室に向かう。だが途中で、ファイルを入れるUSBをリビングに置きっ放しにしていたことを思い出した。昼間リビングで作業していた時に落としたのを拾って置いておいたのだ。

「しまった」

踵を返して廊下を戻る。と、リビングの扉の隙間から夕希を追ってきたのか、猫がするりと出てくる。抱き上げて扉に手をかけようとしたところで聞こえてきた声に、ぴたりと止まった。

「まさかお前が懐かれてるとはな。明日は槍《やり》でも降るんじゃないか?」

「勝手に言ってろ」

面白そうに言う声は、北上のものだ。対して憮然《ぶぜん》としたそれは、高倉のものだろう。雰囲気から自分のことを言われているのだとわかり、反射的に息を潜めてしまう。立ち聞きなど趣味が悪い。わかってはいるが、足が動かなかった。

「お前にしては随分優しいが――似てるから放っておけなかったか」

「……――」

ふっと声を落としたそれに、ぎくりとする。一方、言われたのであろう高倉の声は聞こえない。無言は、肯定の印か。

ゆっくりと、足音をさせないようにその場を離れる。これ以上聞いていたら、決定的な答えを聞いてしまうかもしれない。焦燥とともにそう思った。

(……聞きたくない、のは)

どうしてだろうか。自分に似ている誰か。その存在が形になってしまうことが怖かった。

一体、誰に似ているのだろう。

誰かと重ねられている。だから、優しくされているのか。その事実が、ずんと胸に重苦しくのしかかった。

(何が。顔……は、違う。多分、境遇が)

高倉の態度が明確に変わったのは、夕希の昔の話を聞いてからだ。ならばきっと、似たような境遇の相手が高倉の知り合いにいるのだろう。放っておけない相手として。

「っと、ごめ……」

苦情を訴えるような鳴き声が耳に届き、慌てて胸の方へ視線をやる。猫を抱く手に力がこもってしまったらしい。するりと夕希の手から逃れ、先を歩いていった。

自分でもよくわからない動揺に混乱しながら、夕希はただ胸の奥に渦巻くほの昏い感情からそっと目を背けた。


画面の文字が、頭の中を上滑りしていく。キーボードを打つ手が何度も止まり、一向に進まない作業に溜息をついた。

数日前、北上が来た時に話していた二人の声が耳から離れない。そして、自分があの時の何にそんなにこだわっているのかがよくわからなかった。いや、正確には『何に』はわかっているが『どうして』かがわからないのだ。

高倉が優しくなった理由。

最初は嫌われているような気がしたのに、庭で不審者に襲われた後にはそれが綺麗になくなり、エレベーターの一件から雰囲気も変わった。同情されたのかと思ったが、そのわりに過去の話はあっさりと流したし、特段それに関することで気遣われることもない。もちろん、可哀想だとも言われなかった。

夕希自身にしてみれば、今の生活は幸せだと言えるし周囲にも恵まれている。同情して欲しくて話すわけではないから、可哀想と言われてもぴんと来ない。だから、過去の事実としてごく自然に聞いてくれた高倉の態度が嬉しかったのだ。

そしてそれらが、高倉の傍にいる誰かに夕希が重なって見えたからだという。放っておけなかった、というのなら親しいのだろう。だが別に、それは高倉の事情であって夕希自身にはなんの関係もないことだ。それで邪険にされているわけでもなく、ならば別にいいじゃないかと思うのだ。

それでも、心の奥底の何か——そう、落胆が隠せないのだ。

「……やめやめ！」

考えるのをやめようと首を横に振り、大きく息を吐く。進まない作業に見切りをつけ、ノートパソコンの電源を落とした。こういう時は、身体を動かすに限る。

「庭の手入れか、掃除か……掃除かな」

よし、と時計を見る。まだ午後までには少し時間があり、午前中のうちにと腰を上げた。

「どこから……っと」

唐突に鳴り響いたチャイムの音に、玄関を見る。荷物が届く予定もなく、セールスか何かかなと思いつつ向かおうとすると、鍵の開く音がした。

「あれ、高倉さん？」

朝、いつも通り仕事に出かけていったはずなのに。そんなことを思いながらそのまま足を向ければ、やはりそこにいたのは高倉だった。

「おかえりなさい、忘れ物ですか？」

「いや、遠出の仕事が急遽キャンセルになってな。一旦戻ってきた」

今日使う予定がなく置いていた資料を取りに戻ってきたらしい。お疲れ様です、と苦笑しつつ再びリビングに向かおうとする。

気持ちを切り替えようと思ったばかりなのに、高倉の顔を見てまた思い出してしまった。顔には出さないよう溜息を押し殺そうとしていたその時、不意に、後ろから声とともに肩を摑まれた。

「おい」

「っ！　わ、はい！」

飛び上がらんばかりに驚き振り返れば、高倉がこちらを見下ろしている。戸惑っている、あるいは何かを確かめるような視線だと、なんとなく思った。

（なんだろう。……心配、違う……困惑？）

感じたままに自分の中で言葉を並べているうちに、高倉がふっと口を開く。

「今日は、予定はあるのか」

「今から、掃除しようかなって」

「そうか。なら、出かけるぞ」

「……へ？」

家の戸締まりをしてこいと言われ茫然とする。肩に置かれていた手も外され、高倉はそのまま部屋へ向かう。スーツの姿の背を見つめ、ええと、と足を進めた。戸締まり、と心の中で呟きながら家の戸締まりを確認していく。ふと思いつき、自室に戻ってワンショルダーの鞄を手に取ると、カメラを中に放り込んだ。

どこに、だとか、どうしてだとか。聞くことは山のようにあると思うのだが、実際予定はないし出かけて困ることもないため、まあいいかと途中から開き直り始めた。猫の餌《えさ》を補充し水を入れ替えて、近づいてきた猫の頭を撫でる。

「ちょっと出かけてくるな。悪戯するなよ」

小さく鳴きながら、夕希の掌に頭を擦りつけてきた猫は、そのまますするりとソファの方へ向かう。猫用にと置いた肌触りのいいタオルの上に乗るとぺたりと伏せた。

「できたか？」

部屋から出てきた高倉はスーツのままで、そういえば、と首を傾げた。出かけるも何も、これから仕事じゃないのか。そう思いつつ、玄関へ向かう高倉の後を追った。

「高倉さん、仕事は？」

「休みにした。正確には、元々休みだったんだ。同僚のフォローで行くだけだったからな」

「あ、そうなんですか？」

どうやら、所長に仕事を押し込まれたらしい。外に出て玄関を閉めると、駐車スペースにある高倉の車へと駆け寄る。車は仕事柄手放すと不便なため、アメリカにいる間は実家に置いていたらしい。さほど大きくないセダンで、先日乗った時も乗り心地がとてもよかった。運転が丁寧で、振動が少ないのだ。

「どこに行くんですか？」

助手席に乗った夕希の今更のような質問に、運転席の高倉がちらりとこちらを見る。そして、エンジン音とともに思いがけない言葉が聞こえてきた。

「花見」

「うわあ……凄い、満開だ」

一面に広がるピンクに、思わず感嘆の声が零れた。頭上のどこを見ても小さな花が咲き綻んでおり、風に乗って花びらが舞い降りてくる。柔らかな色合いと山の冷たい空気は、心に溜《た》まっている澱《おり》のようなものを綺麗に押し流してくれるような気がした。

高倉が連れてきてくれたのは、都心から離れた場所にある山の上だった。恐らく、桜の名所だろう。あちこちに桜の樹が植わっており、山が桜色で覆われている。休日は人でいっぱいなのだろうが、平日の昼過ぎなせいか、さほど混み合ってもいない。春休み中らしき子供連れの親子や、人の少ない平日を狙ってきたのであろうカップル、観光客のような姿がちらほらと見えるだけだ。

贅沢《ぜいたく》な気分で山の中を散策しながら桜を眺《なが》める。父親は免許を持っているし運転もできるが車があまり好きではなく、両親と出かける時は基本的にバスか電車だ。そうすると必然的に、交通機関があまり便利でない場所からは足が遠のいてしまう。元々夕希も、引き取られた当初は家からほとんど出られず、人混みの中に一人で行けるようになったのもほんの一、二年前のことだった。両親や北上にことあるごとに連れ出して貰い、少しずつ人が多い場所に慣れていったのだ。

こんなふうに遠出をして桜を見にきた経験はなく、高揚した気分で山道を歩く。時折足を止めて、スマートフォンのカメラで写真を撮る。フランスにいる両親に、メールで送って見せるためだ。

寄り道しつつ歩く夕希の少し後ろを、高倉がゆっくりと歩いている。隙のないスーツ姿のぴしりとした格好と満開の花、さらに山道という光景が不似合いで、少し笑えてしまう。振り返り小さく笑った夕希に、高倉がなんだと視線で問いかけてくる。

ふと、鞄の存在を思い出し、中からインスタントカメラを取り出す。立ち止まっている高倉にカメラを向けた。

「高倉さんの写真、撮ってもいいですか？」

「俺を？　自分を撮った方がいいだろう」

「いえ。これは、俺じゃ意味がないから」

これは、自分の周囲にいた人の記録だ。両親や北上と一緒に撮ることはあるが、自分が入ることはあまりなかった。

「駄目ですか？」

「好きにしろ」

首を傾げると、諦め気味に肩を竦められる。了承を得ていそいそとシャッターを切ると、すぐにフィルムが吐き出された。カメラを鞄に仕舞い、近づいてきた高倉と並んで歩きながら現像されるのを待つ。

「この間も撮っていたな」

先日、高倉が夕飯を作ってくれた時のことだろう。はい、と頷きフィルムをそっと指で撫でる。

「これ、日記みたいなものなんです。色々……――えと、覚えることが多くて。引き取られてしばらくした頃に父が買ってくれました」

「そうか」

言葉以上のことを詮索することもなく、相づちを打ってくれる。そのことにほっとしながら、出てきました、と写真を見せた。

「意外と綺麗に撮れるんですよ、これ」

「写真なんか、履歴書か免許くらいしか撮らないからな」

差し出した写真を受け取りちらりと眺めた高倉が、北上には見せるなよ、と軽い口調で言いながら返してくれる。

「それにしても、こんなにいっぱい桜が咲いてるの見るの、初めてで……あ、猿《さる》!?」

「山だからな。いてもおかしくないだろう」

木々の間に見えた姿に思わず声を上げると、夕希の視線の先を見た高倉がこともなげに言う。山に来たこと自体がほとんどなく、犬や猫以外の動物を、動物園以外で見かけたのは実は初めてなのだ。猿はすぐに木々の間に姿を消してしまったが、感動とともに息を吐く。

「へえ、動物がいるのって、もっと山の奥の方とか人が少ないところかと思った」

「餌をとりにくるんだろう。上ばっかり見てないで、少しは前を向け」

ぐいと腕を引かれ、引き寄せられる。見れば、目の前にはポールが立てられており、激突しそうになっていた。

「す、みません。ありがとうございます」

唐突に近くなった距離に、なぜかどぎまぎしつつ礼を言う。摑まれていた腕が離され、ふと、同じような感覚を味わったことを思い出した。

(そういえば……)

一週間以上前、誰かが家の敷地内にいたあの時も、高倉の力強さが混乱から引き戻してくれた。あの安心感は、今でもはっきりと心の中に刻まれている。

隣を歩く高倉の顔を見上げる。頭一つ分近い身長差があるため、近くで顔を見るには視線だけでなく顔も上げなければ見えない。夕希が高倉につけたひっかき傷は、今も頬に跡を残している。幸い傷自体は浅かったためかなり薄くなっており、目立ちはしないが。

「なんだ」

じっと見ていたのを視界の端で捉えたのか、前を向いていた高倉がこちらを見る。歩きながら問われ、俯きながら躊躇いつつ告げた。

「……いえ、……――顔の傷、すみませんでした」

小さな声のそれに、別に、とそっけない声が返ってくる。ふと気がつくと、山頂に近い見晴らしのいい場所に着いており、どちらからともなく展望台のようになった休憩所に足を向ける。転落防止用に設けられた柵の近くに立てば、近隣の山々が一望できた。山の稜線にピンクや白、紅色が交じるその景色は、目や心を和ませてくれる。

「かすり傷だ。暴れた猫にひっかかれたようなものだろ」

改めて言われたそれに、ぱっと顔を上げる。

「どうして……」

あの時のことを何も聞かないのか。咄嗟にそう言おうとして口を閉ざす。聞かれて、それでどうするというのか。庭にいたのが誰かもわからない。どうして自分があんなふうに混乱したのかもわからない。ただ、怖かった。それだけなのに。

右腕の痣がある辺りを軽く握る。募る不安感を抑え込むように、徐々に力が入っていく。

「高倉さんには、迷惑かけてばっかりですね。うちに泊まって貰ってること自体、そうですし。あ、でも。家が見つかったらいつでも言ってください。ちゃんと夏樹兄にも両親にも大丈夫だって話します」

「そんなこと、いつまでも気にしなくていい。北上に頼まれて引き受けたことだ。お前から迷惑を被った覚えもないしな」

「……――」

フォローされている。それが嬉しい一方で、頼まれたというその言葉に見えない線があるようで複雑な気持ちになってしまったのは贅沢というものだろう。まだ、会って間もない人なのだ。それを忘れて、傍にいることに慣れてしまうことが怖かった。

どうしてだろうか。そんなふうに思ったことは初めてだった。北上などは、気がつけば近くにいてくれたからかもしれない。あの頃は、自分のことで手一杯で周囲に誰がいるかなど気に留める余裕もなかったから。

きっとそうだろう。そう思いながら、はらりと舞う花びらを視線で追う。綺麗だと思っていたその光景が、今度は、儚《はかな》さとともにどこか寂しく見えた。

緊張で手と足が一緒に出そうになりながら、夕希は通された会議室に足を踏み入れた。スーツではないものの、ビジネスカジュアルというのだろうか、綺麗に身だしなみを整えた女性がにこりと愛想のいい笑みを向けてくる。

「すみません、こちらで少々お待ちください。今、お茶をお持ちします」

「いえ、あの……お構いなく」

慣れない雰囲気にしどろもどろしつつ、小さく答える。会釈をして部屋を出て行く女性に頭を下げ、扉が閉まると同時に肩からどっと力が抜けた。

「……なんでこんなことに」

会議机と背もたれの広い椅子が並んだ部屋は、六人くらいが入って使えるくらいのさほど広くはない部屋だ。無駄なものは一切なく、綺麗に整えられている。まさに仕事場、という雰囲気だな。そう思いつつ、当然かと自分に苦笑した。

今いるのは、高倉の職場である法律事務所だった。都心にあるテナントビル内に事務所を構えており、事務所に辿り着くまでも着いてからも、かなり居心地の悪い思いをしてしまった。家からそのまま出てきたため、ラフなシャツと綿パン、それにスニーカーという服装だったのだ。どうひいき目に見ても、こんな場所を訪れる格好ではない。

事務所は思った以上に広そうで、圧倒されてしまった。ここに来るまでに車の中で聞いたところ、パートナー弁護士が十人弱、アソシエイトが十数人いるそうだ。

「にしても、あー、びっくりした」

事務所の入り口は目隠しになるような磨《す》りガラス状の自動扉で、入ると受付代わりの空間がある。休憩ができるようデザイン性の高いソファが置かれたそこから、内線電話で事務所の人間を呼び出す仕組みらしい。法律事務所という感じはせず、一度だけ行ったことがある北上が勤める会社みたいだなと思いつつ高倉の後について入ろうとすると、帰る途中の顧客に鉢合わせたのだ。

『高倉君！　君、戻ってきていたのか』

『ご無沙汰《ぶさた》しております。つい先日帰国しました』

父親と同年代らしきスーツ姿の男性が明るい表情になると同時に、さりげなく高倉が男性と夕希の間に入ってくれ姿を隠してくれた。場違いな子供を他の顧客の目に触れさせないようにしただけだろうが、ほっとしつつ高倉の背後から顔を見上げた。

そこにあったのは愛想のいい高倉の笑顔で、驚くより先にぽかんとしてしまった。横顔だけだったが、ここまではっきりとした笑顔の高倉というのは見たことがない。全く笑わなかったわけではないが、それでも口角が多少上がる程度なのだ。満面の笑みというわけではないが、きちんと笑顔だと言える表情になっていることに驚きと同時にずきりと胸が痛んだ。

顧客を見送りに出てきた同僚の弁護士らしき男性とともに高倉が相手を見送ったところで、同僚が高倉に向かって不思議そうな表情を向けた。

『珍しいですね、高倉さんが表から……ああ、申し訳ありません。お客様でしたか』

同僚の男性には、高倉の陰に隠れていた夕希の姿が見えていなかったらしい。一瞬で笑みを浮かべると、こちらに頭を下げてきた。

『いえ、俺は……』

『俺が世話になっている家の子供だ。出かけてたとこに呼び出されたからな。仕事が終わるまで、どこか空いてる会議室で待たせてくれ。所長の了解は取ってある』

『ああ、そういうことですか。了解、事務の子に頼んでおきます』

そのまま少しそこで待つようにと言われ、高倉達は事務所の中に入っていった。入れ替わるように出てきた先ほどの女性が、会議室に通してくれたのだ。

「笑えるんだ、よね。って、当たり前か」

にしても、少し作り物めいて見えたような気がしたのだが。そう思っていると、軽いノックの音の後、扉が開いた。入ってきたのはお盆を手にした先ほどの女性で、ブラインドの開いた窓際に立った夕希の姿を認めてにこりと笑う。

「上の方の階だから眺めがいいんですよ、ここ」

どうぞ、と会議机の上にお茶を置かれ、頭を下げる。客でもなんでもないのに、申し訳ない気分になってしまう。

「すみません、わざわざ」

「お気になさらず。ゆっくりしてください。今日はここを使う予定もありませんから」

年上の人から丁寧に話されると、どうにも落ち着かない。そわそわしつつ、折角入れて貰ったのに飲まないのも失礼だろうと机へと向かう。と、再びノックの音がして扉が開いた。

「小島《こじま》さん、どうしたんですか？」

高倉かと思いそちらを見たが、入ってきたのは先ほど事務所の入り口で会った同僚の男性だった。片手にマグカップを持っており、楽しげな様子で夕希の向かい側にカップを置いて椅子を引く。

「ちょっと休憩。上野《うえの》君も、今日はもう来客予定もないから休憩入っていいよ。あ、初めまして。小島です。ええと……」

「西宮夕希です」

にこにこと自己紹介され、突然の展開に目を丸くしながら答える。

「西宮君か。よろしくね」

高倉よりは幾らか年下だろうか。小島は愛想よく笑うと、どうぞと夕希に椅子を勧めて自分も腰を下ろした。本格的に落ち着く構えを見せた小島に、一体何がと思いつつ促されるまま椅子に座った。

「それじゃあ、私はこれで。失礼します」

にこやかに部屋を後にした女性を見送っていると、小島が「それでさ」とおもむろに声をかけてきた。

「高倉さんって、普段もあんな感じ？」

「あんな、ですか？」

と言われても、最近知り合ったばかりの上に、仕事場での高倉の様子などわからない。困惑気味に小島を見返していると「笑うと減るって感じじゃない？」と続けられた。

「えっと……そんなことはないと思いますけど。さっきも、笑ってましたよね」

「さすがにお客さん相手にはね。営業スマイルってああいうのを言うんだって、最初に見た時思ったよ。あ、これ陰口じゃないからね。ちゃんと本人にも言ってあるから」

へろりと言われ、そういう問題だろうかと内心で思う。が、別段悪意があるようにも感じられず、むしろ親しげな雰囲気だった。

「普通ですよ？　確かに、そんな笑ったりはしないですけど。優しいですし」

「え!?」

最後の一言で驚愕《きょうがく》したように目を見張った相手に首を傾げる。

「違うんですか？」

夕希の問いかけに、そうだなあと小島の視線が宙をさ迷う。

「別に優しくないわけじゃないけど、仕事以外では超クールっていうか、ねえ？」

同意を求められても何とも言えず、そうなんですね、と呟くに留《とど》める。

「高倉さんのお仕事ってどんな感じなんですか……あ、弁護士さんってことは聞いてます。まだ会ってそんなに経っていないので、詳しくは知らなくて」

好奇心から、高倉の仕事ぶりを聞いてみる。だがすぐに、当の本人と一緒に来た人間がこんなことを聞くのはおかしいだろうかと内心で焦った。だが小島は、特に訝る様子もなく教えてくれる。

「昔は民事……離婚とか相続、示談とかそういうのをやってたけど、アメリカ行く前から企業さん相手が多くなってたかな。帰ってきてからもその辺中心だし」

仕事内容は、以前高倉自身から聞いたものと同じだ。じっと聞いていると、小島が何かを思い出したように笑いながら続ける。

「顧問弁護士になったりすると、そことの付き合いが長くなるんだけどね。普通は、慣れてくるとだんだん仕事の話以外ではくだけてくる部分があったりするんだけど、高倉さんの場合、逆に愛想がなくなるんだよ。けど、顧客からの評判はよくてね。訴訟とか特に。交渉ごととか上手いんだ」

訴訟など、百パーセント顧客の希望を叶《かな》えられることはほとんどない。自分も相手も自身の権利を守ろうとするため、非がどちらにあるかに関わらずそれなりの妥協点が必要になってくる。そういったことの見極めの早さと確かさ、そして顧客の目を、その時考え得る最良の結果へと向けさせることが上手いのだという。

「人と人との間に入る仕事だし、やっぱり満足度も大事だから」

へえ、と聞き入っていると、さらに言葉を添える。

「アメリカ行きも、向こうで資格取ってその後一年研修くらいの予定だったんだけど。向こうの所長に気に入られて、さらに二年くらい延びたんだよ」

「凄いんですね」

「後は、知財――特許とか聞いたことあるかな。新しい発明に対して取得する権利なんだけど、その辺の仕事とかだね。申請したけど通らなくて不服申し立てとか、他の企業相手に特許権の侵害で訴訟起こしたり。弁理士登録もしたみたいだし、とにかく知識が豊富で凄いよ。常に勉強してるし」

俺、二年後にああなれるかって言われても無理って言うかな。あっけらかんと笑いながら言う小島につられて、小さく笑う。

「まあ、俺と高倉さんじゃ専門も違うし。弁護士って何でもやるイメージだけど、それぞれ得意分野とかもあったりするからね」

「へえ……そうなんですね」

それよりも夕希は、目の前の小島が高倉と二歳しか違わないことに驚いていた。二十代後半くらいに見えていたが、既に三十歳になっているらしい。

「西宮君は、えーっと、大学生くらいかな」

「来月から大学生です。ちょっと遅れてるので、もうすぐ二十歳ですけど」

「へえ、何学部？」

年齢のことはあっさり流し、興味深げに聞いてくる。いい人だなと思いながら、最初の頃の緊張もほぐれてきて微笑んだ。

「文学部です」

「確かに、文学少年って雰囲気だよなあ。何か、儚げで」

「はかな……いいえ、別にそんなことはないと思いますけど」

ははは、と引きつった笑いを浮かべていると、小島が笑う。ふと、再びノックの音が響いて扉が開いた。顔を覗かせたのは高倉で、小島に向かうかと思っていた視線が夕希に向けられた。何事かと思い首を傾げると、ちょっといいかと呼ばれる。立ち上がり近づいていくと、悪いが、と続けられた。

「通訳を頼めるか。フランス人なんだが、英語が通じない。できるやつが今日は全員いなくてな」

「いいですけど……専門用語とかになるとわかりませんよ？」

「そんな詳しい話はしない。約束の日を取り違えているらしいから、日を改めて来て貰うように説明するだけだ」

そのくらいなら大丈夫だろう。そう思い頷けば、小島が不思議そうに尋ねてくる。

「西宮君、もしかしてフランス語話せるの？」

「一応、ですけど」

「フランス語は翻訳できるレベルだから確かだ。英語もできるしな」

「三カ国語！　すげー」

本気の感嘆に気恥ずかしくなり俯く。翻訳のことは、先日北上が家に来た時に高倉に話していた。頼まれていた翻訳仕事の原稿を渡したため、その流れで話が出たのだ。

高倉について会議室から出ると、こっちだと事務所の方へ促される。顧客相手の通訳が自分でいいのだろうかと思い見上げると、高倉がちらりとこちらを見た。なんだ、と視線で問われ口を開く。

「読めるのと、しゃべれるのは違いますよ？」

翻訳ができるからといって、通訳ができるほどしゃべれるとは限らない。安易に自分などに頼んでいいのだろうか。そう思って言えば、そんなことは百も承知だと返された。

「この間北上が、お前にそのうち通訳も頼みたいって言ってただろう。多少しゃべれる程度だったら、あいつはあんなことを口に出さない。それにお前も、できるとは言わないだろうしな」

「……あ」

そういえば、話のついでにと北上が言っていた気がする。時々言われているが、本気で頼みたがっているようには見えず適当に聞き流していたのだ。高倉はその時の言葉を覚えていて、できると判断したのだろう。

（夏樹兄のこと、信頼してるんだな）

夕希が実際に話しているのを聞いたことがなくても、北上がそう言っていたのなら大丈夫だと思えるくらいに。羨ましいな。そう思いつつ、だがそれがどこに向けられた感情なのかわからないまま、夕希は黙って高倉の後について行った。

何事もなく通訳を終えた夕希は、その後顔を出した所長からも礼を言われてしまい、恐縮しつつ事務所を後にした。通訳と言ってもたいした話はしておらず、本当に、日にちが違っていることを説明し、出直して貰えるように伝えただけだった。どうやら今日は、その顧客を担当している弁護士が出張で一日不在らしかった。

相手も、夕希を通して伝えられた高倉の説明に目を丸くし、慌てた様子で日付を確認していた。向こうの勘違いだったということもわかり特に揉《も》めることもなく帰っていったため、内心でほっと胸を撫で下ろしていた。

今日のバイト料代わりだと、事務所の所長が食事代を出してくれたらしい。高倉と夕食を食べて帰りなさいと言われなんのことかと思ったが、後で高倉からそのことを聞き驚いてしまった。まともに礼も言えないまま帰ってしまったため、高倉に礼を伝えて貰うように頼み帰途についたのだ。

「……誰かいるな」

静かな車内で、高倉の小さな声が耳に届く。見れば、遠くに見える自宅の前に誰かが立っていた。一瞬北上かと思ったが、それならば電話があるだろうと思いじっと見つめる。

スーツ姿の男が二人、こちらを見ていた。ちらりと横を見れば、高倉が眉を顰めている。

「高倉さん？」

「あまり、いい雰囲気じゃなさそうだ」

駐車スペースに車を停めて降りると、高倉が家の前へと向かう。先に家に入っていろと言われ大人しく玄関の方へ向かいながら、ちらりと見えた男性の姿にぺこりと会釈をした。

高倉と男性達が話す気配を背に、鞄から鍵を取り出す。ぼそぼそとした低い声は内容までは聞こえないが、決して明るい雰囲気ではない。一体何を話しているのか。嫌な予感とともに背後を気にしつつ、玄関を開こうとする。

「夕希」

不意に声をかけられ、どきりとする。え、と振り返れば、たった今聞こえた声が間違えではないというように高倉がこちらを見ていた。

（名前……）

そういえば、呼ばれたのは初めてだ。たったそれだけのことなのにどきどきしながら、立ち止まって言葉を待つ。手招かれ、なんだろうと思いながらそちらへ向かった。頬にあたる夜風が妙に冷たく感じる。

近づくと、男達の視線が夕希に集まる。一人は高倉と同じくらいだが、もう一人は随分若そうな雰囲気だった。二十代後半になったばかりくらいだろう。高倉と同年代らしき方の男性が口を開いた。

「こんばんは。疲れているところ申し訳ないが、話を聞かせて貰ってもいいかな」

水江《みずえ》と名乗った男は、スーツの上にスプリングコートを羽織っており、会社帰りのサラリーマンのような風情だった。手には鞄を持っており、だがなんとなく違和感がある。はい、と答えつつも訝しげな目を向けていると、相手が胸ポケットから黒いパスケースのようなものを取り出した。

「こういう者です」

開いて見せられたのは警察の証明でもあるそれで、驚きに目を見開く。横合いから淡々とした声で「それで」と投げかけられ、見れば高倉が目を眇めて相手を見据えていた。

一方の水江は、高倉の視線に動じることもなく頷いて続ける。

「最近、この辺りで不審な人物を見かけたとか、見慣れない車をよく見るとか、何かそういった気になるようなことはなかった？」

「え？」

「なんでもいい。噂話《うわさばなし》を聞いた、でも」

何か、大きな事件でもあったのだろうか。不安に駆られながら、ちらりと横目で高倉を見ると、視線で促されているのがわかった。

「……二週間近く前ですが、夜、うちの庭に誰かがいました」

「性別は？」

途端に、水江とその後ろに立っていた男性の視線が鋭くなる。たじろぎそうになりつつ答えを返す。

「男の人でした。顔とかは見てないです。背だけは、自分よりは高かったですけど」

「見ていないのに、どうして男の人だって？」

水江の背後から聞こえてきた不審そうな声を、水江が片手を挙げて止める。

「後ろから口を塞がれたんです。それで、玄関の方に引き摺って行かれそうになってたところで、高倉さんが帰ってきて。庭の方から逃げていきました」

淡々と説明する夕希を、水江がじっと見つめてくる。観察されているような気配が居心地悪く、けれど後ろめたいこともないため正面から見返した。

「そうか、それは怖い思いをしたね。通報は？」

「してないです。別に、被害もなかったですし」

「襲われかけたんだ。それに、不法侵入罪もある。被害は十分にあるだろう」

訝しげな水江の表情に、それはそうですけど、と続ける。

「怪我をしたり、何か盗まれたわけでもないですから。あ、後はこの辺で空き巣が出るって噂を少し前に近所の人から聞きました。回覧板にも書いてあったって母が」

できれば話を変えたいと思い出したそれを告げれば、ああ、と水江が頷く。

「そうらしいね。君は、何か襲われるような心当たりは？」

真っ直ぐに見据えられ、咄嗟に視線を逸らしそうになる。それを堪えてかぶりを振った。

「ありません。全く」

それは嘘ではない。そもそも、トラブルが起こるような人付き合いすらないのだ。はっきりと言い切った夕希をしばらく見つめた水江は、そうか、と呟いた。

「わかった、ありがとう。他に何か思い出したことがあったら、いつでもいいから教えてくれるかな」

ここが連絡先だから、と名刺を渡される。ちらりと見たそれには確かに水江の名前が書かれており、わかりました、と首を縦に振った。

「ちょっといいですか」

高倉が水江を呼び、二人が夕希達から少し離れた場所へ行く。

勝手に家に戻れる状態でもなく、手持ち無沙汰に俯く。そういえば、朝出てくる時に補充はしたが猫の餌は足りただろうかと関係ないことを思い出した。

なんとなく無言で立っているのも気詰まりで、水江と一緒にいた男の方を横目で見る。わざわざ警察の人間が調べているということは、この辺で何かあったのだろうか。

「あの……」

「ん？」

恐る恐る声をかけると、男がこちらを向く。

「この辺りで、何か事件でもあったんですか？」

心配そうな夕希の声に、男は「ああ」と肯定というよりは夕希の心配に思い当たったというような声を出した。

「いや、捜している人をこの辺で見かけたって話があってね。本当かどうか確認するために調べているだけだよ」

「ああ、そうなんですね」

よかった、と胸を撫で下ろし、だが警察に捜されているという時点であまり嬉しくない知らせでもあるのだと気づく。何をやった人かは知らないが、不審者と言っていたから行方《ゆくえ》不明の捜索などではないのだろう。

「そういえば、ご両親は？　話を聞きたいんだが……」

「両親は長期出張中で不在です。しばらく戻らないので」

「ああ、そうか。あの人は親戚《しんせき》か何か？　名字も違うよね」

「高倉さんですか？　あの人は、えっと……両親の知り合いです。少し前にアメリカから帰国された弁護士さんで……日本で家を探す間うちに泊まって貰っているんです。最近、空き巣の話もあるし一人だと物騒だからちょうどいいって、両親が」

知人の友人で、などと話すと長くなるし余計混乱するだろう。関係を若干省きながら説明する。へえ、と納得したようなしていないような表情で頷いた男は、それから幾つか夕希も近所の人から聞いたことのある噂話について尋ねてきた。夕方から夜の間に痴漢《ちかん》が出た、何かのセールスらしきスーツ姿の男がうろついているから気をつけろ、果ては庭の野菜が盗まれた、という話まで。聞いたことがあるものとないものを答え、ふと、両親が出発する前にあった公園での出来事も言っておくべきだろうかと逡巡した。

けれど、また話を蒸し返すことになるのが嫌で、結局は口を閉ざすことを選ぶ。

「ありがとう、今日はこれで失礼します」

高倉と水江が、夕希達のところへ戻ってくる。いいえ、と答えながら高倉を見れば、眉間に深く皺を刻んだ状態になっていた。何か嫌なことでもあったのだろうかと思いながら、水江に視線を向けた。

「じゃあ、何か変わったことがあったらすぐに連絡を」

「はい」

念を押され頷くと、水江達はそのまま帰っていった。やれやれと溜息をつき、高倉から帰るぞと声をかけられた。周囲はすっかり暗くなっており、夜風が身体を冷やしていた。すっかり冷たくなった二の腕をさすりながら玄関へと向かう。

「大丈夫か？」

鍵を開けていると、不意に頭上から声が落ちてくる。その声に、大丈夫ですと笑って首を縦に振った。

「刑事さんは初めてじゃないですけど。でも聞き込みとか初めてです」

緊張しました。笑いながら言い、家の中へと入る。

「関わらずにすむなら、それが一番だ」

「高倉さんは、やっぱり仕事でお会いになる機会も多いんですか？」

「ないとは言わないが、刑事事件じゃなきゃそうそう絡むこともない」

「あ、そうか」

午後に聞いたばかりの高倉の業務内容を思い出す。企業が中心であれば、確かに刑事が出てくるような場面はないだろう。

「くしゅ！」

寒い場所で立っていたせいか、リビングに入ろうとしたところでくしゃみが出る。夕希の後ろを通り自室に戻ろうとしていた高倉に、背後から頭をぽんと叩かれる。

「風邪《かぜ》引くまえに、さっさと風呂に入れ」

「……はい、あ、あの！」

先ほどからずっと聞きたかったことがあったのだ。どうしようと迷う間もなく背後を振り返り、高倉を見上げる。続きを待つような視線に、言葉が喉に絡む。

「あ、の……――名前」

「名前？」

なんのことだと眉を顰めた高倉に、さっき、名前で、としどろもどろに続ける。だがよく考えたら、何を聞いていいのかがわからなかった。どうして名前で呼んだのか、などと聞いてどうするつもりなのか。

まるで、名前で呼んだことに意味を探しているみたいだ。そう思った瞬間、じわりと頬が熱くなり慌てて俯く。

「……――ああ、さっき呼んだのか？」

ようやく思い至ったように呟いたそれに、小さく頷く。

「初めてだったから、ちょっとびっくりして」

「初めて？　そうだったか？」

頷き、顔を上げられないまま上目遣いでちらりと見ると、なぜか高倉が口元に手を当てまじまじとこちらを見つめていた。これまでにない反応に思わずじっと見返すと、そうか、と小さな声が耳に届く。少しだけ驚いているような感じがするのは、気のせいだろうか。

頭の上に掌が乗せられる。わしゃわしゃと髪の毛をかき混ぜられ、一体何が起きているのかとされるがままになっていた。ぴたりと手が止まり、声が続く。

「北上がいつも呼んでたからな。違和感がなかった。名字の方がいいか？」

「いえ、あの」

「西宮君、西宮、夕希君……どれでもいいぞ？」

笑い含みで言われ、どの呼び方もむずむずしてしまい苦笑した。

「呼び捨てがいいです。何か、丁寧なの気持ち悪……っ！」

北上と話している時のような気安さを感じ、つい減らず口を叩いてしまう。すかさず、ぺし、と額を軽く叩かれた。同時に、再びくしゃみが出てしまう。

「言うようになったな。いいから風呂に行け、夕希」

さらりと続けられたそれにどきりとし、胸が温かくなる。親しくなれた。そんな嬉しさを感じながら、叩かれた額を押さえて小さく微笑んだ。

今日の日記を書き写真を貼ったところで視線を上げる。ぱたりとノートを閉じ、座っているリビングのソファの背もたれに深く背を預けた。

色々あった一日だったと、しみじみと振り返ってしまう。花見から始まって、警察に話を聞かれるまで。普段しない経験を一気にしたような気分になった。

(夕希《ゆうき》)

「……――っ」

ふと、高倉《たかくら》から名前を呼ばれたことを思い出す。どきどきと鼓動《こどう》が速まり、落ち着かない気分になりながら、一方でどうしてだろうと思う。

(夏樹《なつき》兄にだって呼ばれてるし、他の人だって)

家に来る父親の教え子からも、ほとんどの場合夕希君と呼ばれている。うちに来て名字で呼ぶと誰を呼んでいるのかわからないからというのと、西宮《にしみや》という名字よりは言いやすいというのが主な理由だ。

高倉にとっては、呼び方などどうでもいい話だろう。特別なことじゃない、と自分に言い聞かせて、けれどすぐに特別であって欲しいのかと自問自答した。

(……――あれ)

一度思ったことだったが、それ以上考えたら混乱が深まりそうな気がして、少し落ち着こうと別のことに考えを向ける。高倉の職場のことや、先ほど会った刑事のことを順に思い出していく。

『何か変わったことがあったらすぐに連絡を。いいね』

最後に念を押された言葉。ちらりと視線を動かし、テーブルの上に置いた名刺を見る。人を捜していると言っていた。この間の男が何か関係があるのだろうかと、記憶を辿《たど》るように思い出してみる。

背後から口を塞《ふさ》いできた手、力任せに握られた手首。いいから来い、と言われたような気がする。声、感触、匂《にお》い……そして……――。

「……っ！」

ずきり、と激しく頭が痛む。それ以上考えることを拒むようなそれに、冷や汗が流れた。頭から血の気が引いていくような感覚。視界が回る。意識の外で、膝《ひざ》に置いた本が落ちる音が雑音のように聞こえた。

奥歯を噛《か》み締め、痛みを堪《こら》える。すでに考えることは放棄しており、ただずきずきと痛むそれが治まるのをじっと待った。

「……――」

何分ぐらいそうしていたか、徐々に治まり始めた痛みに溜息《ためいき》をつき前屈《まえかが》みになっていた上半身をようやく上げる。ぐったりとソファにもたれかかり目を閉じた。こめかみに、微《かす》かな痛みが残っているのがわかる。

（なんだろう。あの時、何が……）

怖いという感覚。それだけは、鮮明に記憶に残っている。ただ、何が怖かったのか、それがどうしてもわからない。

ふとリビングの扉が開く音がし、猫の鳴き声が聞こえてくる。なんとなく甘えているような声に自然と笑みが浮かぶ。さっきからリビングで姿が見えなかったが、恐らく高倉のところに行っていたのだろう。

（あれ、でも高倉さんお風呂《ふろ》入ってたよな）

あれからすぐに風呂へ入り、その後高倉が入っていくような音がしていたが。そう思いつつ振り返り、そのまま絶句した。

「な、高……」

「ったく。ほら、お前はあっちに行け」

ぼやくように片手に抱いていた猫にそう言うと、床に下ろす。小さな音を立てて高倉の腕を離れた猫は、一声鳴いて夕希のところに駆け寄ってきた。ソファの上に乗ると、定位置である夕希の横辺りに落ち着く。太股《ふともも》に当たる体温も、だが今の夕希にはそれどころではないものだった。

確かに風呂に入っていたらしい。雫《しずく》が落ちない程度に拭いた髪はまだ濡《ぬ》れている。だがなぜか、腰《こし》にバスタオルを巻いただけの格好で立っているのだ。

固まったまま凝視《ぎょうし》していると、こちらを向いた高倉が顔をしかめた。

「人が風呂に入ってる間に、着替えの上でやりやがった。悪いが洗濯機を借りていいか。ざっと洗ったが他のものと一緒に洗うのも嫌だろう」

「って、え⁉　あ、じゃあ寝間着は」

「替えがあるから問題ない」

お前、と脱力しながら猫を見ると、悪戯《いたずら》したことをごまかすようにぱたりと尻尾《しっぽ》を揺らした。どうやら高倉が風呂に入っている間に、着替えの上で粗相をしたらしい。苦笑しながら高倉を見ると、大丈夫です、と続けた。

「俺は、気にならないので。そのまま入れておいて貰《もら》えれば一緒に洗います」

洗濯はわざわざ別に洗うのも不経済なため、夕希がまとめて一緒に洗っている。こちらを気遣ってくれるそれに礼を言い、大丈夫だからと告げた。

「わかった」

それ以上押し問答をすることもなく高倉が頷《うなず》く。驚きが過ぎればやはり目のやり場に困り、うろうろと視線をさ迷わせた。同性なのだからそう思う方がおかしいとは思うが、夕希はあまり他人と一緒に風呂に入った経験がない。ここに来たばかりの頃、父親と一緒に入ったことがあるくらいで、だがそれも夕希が落ち着いてきてからはなくなった。

自然と顔が赤くなるのがわかり、それはそれでおかしく思われると俯《うつむ》いた。

「は、早く、着替えないと風邪《かぜ》引きますよ」

「ああ、そうだな」

じゃあ頼む、と言い残して高倉がリビングを後にする。ぱたりと閉じた扉の音と同時に、ソファに沈み込んだ。そのままずるずると下がっていき、両手で顔を覆う。たった今見た高倉の裸体が脳裏《のうり》から消えず、うう、と小さく唸《うな》る。顔が熱い。恥ずかしいような居たたまれないような気分で、夕希は床の上で転がりたい衝動を堪えた。


頭の中が、真っ白になった。

どうしよう、と、それだけが頭の中を駆け巡る。倒れた人、立ち尽くす自分。赤く染まった手。痛み、後悔、悲しみ、焦り――そして、安堵《あんど》。

けれどやはり、どうしよう、という言葉が脳裏を占めていく。

時間は戻せない。自分がやったことも、消せはしない。ならば、どうすればここから消えてしまえるだろうか。今目の前の現実を、なかったことにできるだろうか。

逃げてはいけない。そう思うけれど、怖かった。逃げ出したい、目を背けたい。なのに竦《すく》んだように動かない足が、目の前のものを直視しろと訴えているようだった。

『……――っ！』

何かを叫ぶ自分。そこにあるのは、悲しみと後悔。ごめんなさい、と口元が動く。

不意に、ゆらりと倒れた人が動く。顔を上げる。男か女かもわからない。ただそれが人間であるという事実と、こちらを恨めしげに見ている視線だけが、はっきりとわかった。

腕が伸ばされる。こちらに伸びてくる。あと少しで捕まってしまう。

そして、指先が触れた瞬間。

夕希は、我知らず最大級の悲鳴を上げていた。


「……っ‼」

スイッチが入ったように、ぱちりと目を開く。咄嗟《とっさ》に上半身を起こし、首を巡らせ周囲の景色を確かめる。常夜灯の点《つ》いたそこが見慣れた自分の部屋であることを確認し、ようやく夕希は身体《からだ》から力を抜いた。恐怖に押されるように震える手でリモコンを取り照明を点け、詰めていた息をゆっくりと吐き出す。

どくどくと、心臓が嫌な音を立てている。胸元のシャツを握り、それがじっとりと濡れていることに気がついた。どうやら夢を見ながら随分寝汗をかいてしまっていたらしい。

のろのろとベッドから下り、パジャマを着替える。乾いた服に袖《そで》を通すと、さらりとした感触が少しだけ気分を落ち着けてくれた。溜息をついてベッドの端に座り、どうしようかと枕を見遣《みや》る。

窓の方に視線を移せば、カーテンの隙間《すきま》からは全く明かりが入ってきていない。恐らく、まだ真夜中だろう。立ち上がって机の前に行くと、デジタル時計を確認する。

「二時……」

まだ寝始めて二時間しか経っていない。起きるには早すぎるが、完全に寝る気が失せてしまった。また目を閉じてあの夢を見たらと思うと、寝たくはなかった。

「何か飲もうかな……」

部屋を出てリビングへと向かう。二階の階段近くの高倉がいる客室の前を、音を立てないように気をつけながら通る。ゆっくりと階段を下り、真っ暗なリビングへ行くと電気を点けた。

そのままソファに座り、先ほど見た夢を思い出そうとする。けれど、目が覚めたと同時に映像は脳裏から消えてしまい詳細は思い出せなかった。ただひたすら嫌な感情だけが、胸にこびりついている。

(凄《すご》く、嫌な夢だった)

それだけは確かだ。何かに追いかけられ、捕まりそうになっていたような気がする。そして自分はそれに怯《おび》えていた。

ふと、リビングの扉の向こう側から小さな音が聞こえてくる。見れば、下の方に小さな影があった。さっき起きた時はベッドの上で寝ていたため、そのままにして部屋を出てきたのだ。どうやら起きたら夕希がいなかったため、追いかけてきたらしい。立ち上がり、リビングの扉を開ける。

「……あ」

「眠れないのか？」

隙間からするりと猫が入ってくると同時に、こちらに向かってきていた人影に気づく。廊下には高倉が立っており、はい、と小さく笑った。

「ちょっと変な夢見て、目が冴《さ》えたので。すみません、起こしましたか？」

「いや、起きていた。そいつの足音がしたから来てみただけだ」

既にソファの定位置で丸くなっている猫を視線で示し、高倉がリビングに入ってくる。キッチンに向かい、何かをし始めた音を聞きながら喉《のど》が渇《かわ》いたのかなと思う。

ソファに向かい、再び寝始めている猫の背をそっと撫《な》でる。ぴくりと耳が揺れ、顔を上げた猫が夕希の掌《てのひら》に頭を擦《こす》りつけた。再びソファに座ると、起き上がった猫が夕希の膝の上に乗ってくる。しっとりとした温かさが、今は心強かった。

「ほら」

「え」

ことりとソファテーブルにカップが置かれる。夕希がいつも使っているそれからは、温かそうな湯気が立っている。見れば中身はホットミルクらしかった。

「ありがとうございます……」

カップを取り上げ、ゆっくりと飲む。甘い香りに少しだけ独特の香りが混じり、視線を上げた。

「ブランデーがあったから入れてある。風味づけ程度だ」

自身もコーヒーを飲みながら肩を竦めた高倉に、もう一度礼を言いながら笑う。が、いつものように上手《うま》く笑えず、中途半端なまま視線を下げた。

「昔……記憶をなくす前のことで、大事なことを忘れてるような気がするんです」

ぽつりと呟《つぶや》いたのは、誰かに聞いて欲しかったからだ。家族では心配をかけてしまう。北《きた》上《がみ》もだ。何かを思い出さなければならない気がするが、そう思うこと自体、家族に対して罪悪感を持ってしまう。

だからだろうか。高倉なら、話しても聞き流してくれる。そんな気がしたのだ。

こくりと息を呑《の》み、一拍置いて思い切って続ける。

「自分が、何かやってしまったんじゃないかって……」

「一つ、聞くが。前に庭で誰かに襲われかけた時に、何か思い出したのか？」

慎重な口ぶりで尋ねてくるそれに、はっとして顔を上げる。どうしようかと思ったが、高倉も今は事情を知っており、隠すことではないかと首を横に振った。

「思い出してはいません。ただあの時、何かを言われた気がしたんです。そしたら、物凄く怖くなって……それで」

震えそうになる手で、カップを握る。と、頭上から大きな掌が頭の上に乗せられる。そのまま頭を撫でられ、わ、と肩を竦めた。

「もういい。それに、何かやってたとしても、ガキの頃のことだろうが。嫌なことなら忘れてしまえ」

お前にたいしたことができるとも思えないがな。そう笑い混じりに続けられる。

「もし何かあったとして、今ならともかく、分別のつかないガキのしたことなら大人の責任だ。お前がぐだぐだ悩むことじゃない」

鼻先であしらうような口ぶりだが、自分を慰めてくれていることはわかる。嬉《うれ》しさと安堵で強張った身体から少し力が抜け小さく笑った。さっきまでとは違い今度はきちんと笑えたと、少し安心する。

「ありがとうございます」

そういえば昔、北上にも同じように思い出さなくてもいいと言って貰ったことがある。ふとそれを思い出した。

「高倉さんと、夏樹兄。幼馴染《おさななじ》みだからかな。何か、やっぱり似てますね」

くすくすと笑いながら言うと、頭に乗せられた手が離れる。ふっと見上げると、眉間《みけん》に皺《しわ》を寄せた高倉の顔がそこにあった。嫌がっているというより、何か不機嫌な気配がするのは気のせいだろうか。まずいことでも言ってしまっただろうかと戸惑っていると、何かを考えるようにしばらくこちらを見ていた高倉が、溜息をつき一人分空けて夕希の隣に座った。

「あいつとは、ずっと付き合いがあるのか」

「夏樹兄ですか？　はい、俺がここに来た頃から。昔、ここに下宿してたそうです」

「ああ……」

思い当たることがあったのだろう。ホットミルクを飲みながら、昔のことを思い出して続けた。

「ここに来た頃は、本当に何も覚えていなかったっていうか、知らないことが多くて。字の読み書きもあんまりできなかったんです。学校にも行けなくて、夏樹兄はもう働いてましたけど、休みの度に来てくれて色々と教えてくれました」

今考えると、当時の北上には大変な負担をかけてしまっていた。引き取られてからしばらく精神的に不安定だった頃は、両親か北上の姿が見えていないと泣き出してしまうことすらあった。よく見ず知らずの子供にそれほど手をかけてくれたなと本気で思うのだが、北上は弟ができたみたいだったから可愛《かわい》いものだったよと笑い飛ばしてくれた。

「だから、恩人っていうか。兄貴みたいっていうか。そんな感じです」

ゆっくりとホットミルクを飲み干し、改めて言うと照れくさいなと思いながら告げる。そうか、と言う声とともに、横から伸びてきた手に空になったカップを取り上げられる。あ、と思ってそれを視線で追っていると、高倉のカップと一緒にテーブルの上に置かれた。

「わ！」

さりげない動作で肩に手が回され、そのまぐいと横に引き寄せられる。そのまま頭に手がかけられ、何事かと思う間もなく上半身が高倉の方に倒された。突然の振動に驚いたのだろう、猫が膝の上から飛び降りる感触がする。

ぐらりと揺れた身体に咄嗟に目をつぶったが、衝撃はなかった。だが次の瞬間目を開けたら、そこには横になった景色があった。頰《ほお》には温かな体温が当たっている。

「え、あ……え⁉」

一瞬の後、ようやく状況の認識が追いつく。高倉に膝枕をされているのだ、という事実に混乱と焦りが綯《な》い交ぜになって硬直する。

（え、あれ、何……？）

起き上がることすら思いつかずにぴきりと固まったままでいると、不意に視界が掌で隠された。やがて、お腹《なか》の辺りに温かく柔らかな感触がして、猫が戻ってきたのだとわかる。

「まだ起きるには早い。もう一回寝ろ」

頭上からする声に、でも、と呟く。このままでは高倉が寝られない。

「お前が寝たら、俺も寝る」

そう言われ、でも、ともう一度心の中で呟いた。目元を覆う掌、頬に当たる膝の感触。そういったもの一つ一つが神経を昂《たかぶ》らせている。仕舞いには、先ほど見た高倉の風呂上がりの姿まで思い出してしまい、身の置き所がなくなってしまう。親切でしてくれていることなのに、自分は一体何を思い出しているのか。

どぎまぎしつつ、けれど確かに触れる体温は安心感をもたらしてくれる。乱れていた鼓動が次第に落ち着きを取り戻し、身体から力が抜けていく。

目を閉じれば、やがて目元を覆っていた掌が外れていった。くしゃりと髪を撫でる感触が心地よく、自然と口元に笑みが浮かぶ。一度は完全に去ったはずの睡魔が再び戻ってくる。身体がぽかぽかと温かく、心地よい感覚に身を委ねながら、今度は嫌な夢を見ないようにと願いながら夕希はそっと意識を手放していった。


目が覚めた時に最初に見えたものは、見慣れた部屋の天井だった。

起きた瞬間、夜寝てからたった今起きるまでのことは全て自分の夢だったんじゃないかと思った。が、上掛けを捲《めく》ってみればやはりパジャマを着替えており、夢じゃなかったと頭を抱えた。

ということは、やはり自分はリビングで高倉に膝枕をされてそのまま眠ってしまったらしい。そして今ここにいるということは、寝ついた後に運んでくれたのだろう。

「恥ずかしい……」

穴があったら埋まりたいとは、まさにこのことだ。しかもその後見た夢が、一層夕希の羞恥《しゅうち》を増幅させていた。

（よりにもよって、なんであんな夢！）

二度目に落ちた眠りは、本当に心地よいものだった。ふわふわとした雲の中で漂《ただよ》っているような感覚。気持ちよくて、真綿の布団《ふとん》にくるまれているような温かさだった。

けれど、その後。

無意識のうちに指先で唇《くちびる》を辿り、かあああっと頬が熱くなるのがわかった。

夢の中特有の唐突な場面変換の後、自分が誰かと――いや、高倉と、キスをしている夢を見ていたのだ。感触すら妙に鮮明なそれに、声を殺してベッドの上で転がる。相手は男の人だ。同性なのだ。そもそもがおかしいだろうという前提は、頭にはあれどそれどころではなかった。

「……はあ」

溜息とともに、ぱたりと動きを止めて布団の上に大の字で転がる。これ以上思い出すと、居たたまれなさすぎて高倉の前に顔を出せなくなってしまう。あえて記憶から追い出すように首を振ると、勢いをつけて起き上がった。

「起きよう。朝ご飯作ろう」

自分に言い聞かせるように言いながら、ベッドから下りて着替える。そのまま一階へ下りていき、キッチンに入ったところで足を止めた。

「あ……」

そこにいたのは、今まさに考えまいとした人だった。スーツ姿でこちらを振り返った高倉の手には、猫の餌《えさ》と餌入れがある。足下には猫がまとわりついており、どうやら夕希が起きてこなくてしびれを切らした猫が高倉に訴えたらしい。

「おはよう」

「おはようございます……」

笑って挨拶しようとするが、羞恥が勝り徐々に視線が下がる。

「朝ご飯、作ります」

「ああ」

頼む、という返事とともに、高倉が餌入れを持ったまま横を通り過ぎる。リビングの定位置に置くと、電話がかかってきたのか、スーツのポケットからスマートフォンを取り出し「はい」と答えリビングを出て行った。

（これじゃあ、完全に挙動不審だ）

高倉にしてみれば、感じが悪い以外の何物でもないだろう。気をつけようと気を引き締めながら、朝食の準備を始める。もう着替えているということは仕事に行くまでにさほど時間がないのだろうと判断し、手早く作れるメニューに決めた。

卵とソーセージ、野菜を幾つか取り出し、オムレツとサラダを作る。スープはインスタントで我慢して貰い、食パンをフライパンに入れてバターで軽く焼いた。

「よし」

テーブルの上に並べ、コーヒーをセットして高倉の部屋へと向かう。もう電話は終わっているだろうかと思っていると、高倉の部屋の扉が閉まっておらず半開きになっていた。覗《のぞ》いて、電話が終わっていなかったらノックだけしていこう。そう思いつつ近づけば、不意に中から親しげに話す声が聞こえてきた。

「望《のぞむ》、お前な……ったく、わかった、わかったよ。今度な。今はまだ駄目だ」

仕方がないといったふうな声は優しげで、どうしてかずきりと胸が痛む。相手は誰だろうかと思い、ふと、望と聞こえたその名前に聞き覚えがあることに気がついた。

（夏樹兄？）

そうだ。確か昔、聞いたことがある。小さい頃から面倒を見ている、もう一人弟みたいな人がいると。だから、夕希の面倒も苦にならないと笑っていた。

「家？　ああ、まだ候補を絞ったところだ。早く決めろって……わかってるよ、こっちにも都合ってものがあるんだから少し待て……今日？　ああ、わかった。後で顔を出す」

北上や事務所、そして夕希に対するものと全く違う声。親しさの滲《にじ》んだ、そして無条件に可愛がっているとわかるそれ。先ほどまで羞恥で浮き足だっていた気持ちが、見る間にしぼんでいく。

そっと部屋を離れ、キッチンに戻る。ちょうどコーヒーが入り、茫然《ぼうぜん》としたままカップを準備した。少し冷めてしまった朝食をぼんやりと見つめる。だが、廊下から微かに足音が聞こえ、はっと我に返った。

（駄目だ、こんな顔してたら）

高倉に、何かあったかと思われてしまう。ふっと肩の力を抜いて、頭の中から先ほどの光景を追い出す。そしてダイニングに高倉が姿を見せるのと同時に、にこりと笑顔を作った。

「今ちょうどコーヒーが入りました。すみません、作る順番間違えて少し冷めちゃったんですけど」

言いながら、コーヒーをダイニングテーブルに置く。

「おい」

「え？」

訝《いぶか》しげにこちらを見ている高倉に、ぎくりとする。ここのところ、高倉には落ち込んでいる時や考えごとをしている時にすぐばれてしまうのだ。どうしてかはわからないが、笑おうと思って笑うとこういう顔をされてしまう。

「あ、そうだ。昨夜はすみませんでした。わざわざ二階まで運んで貰って。ソファに置いていって貰ってもよかったですよ」

「……いや」

だが、あえてそれには気づかなかったふりをして苦笑しながら席に着く。いただきますと言って食事を始めると、高倉はそれ以上何も言わないまま自分も席に着いた。

あまり話してもボロを出しかねず、黙々と食事を続ける。静寂の中に、外を通る車の音が微かに響いた。

「今日は帰りが遅くなる。日が変わる頃になるかもしれないから寝ていていい。バーロックだけ開けておいて貰えるか」

「は、い」

その言葉に、今日、と心の中で呟く。先ほど聞いた会話を思い出し、望という人のところに行くのだろうかと思った。

いつもより上手く焼けたと思ったはずのオムレツの味が全くしない。柔らかな卵の感触が妙に乾いたものに感じられ、口の中のそれをインスタントスープで無理矢理流し込んだ。


「夏樹兄……どうしたの、急に」

「仕事でこの辺に来たからちょっと寄っただけだ。すぐ戻る」

平日の夕方、連絡もなく訪ねてきた北上に夕希は驚きの声を上げた。こういうことは珍しく、またいつになく厳しい表情と声に何かあったのかと思ったが、理由はすぐにわかった。

「昨日、刑事が来たらしいな。高倉から連絡があった」

「あ、うん。この辺に捜してる人がいるかもって。初めて聞き込みされたよ」

自分に直接関係がなければ、滅多にない体験だ。笑いながら言うが、北上は難しそうな顔を崩さずこちらを見据《みす》えている。重苦しい雰囲気に途端に笑みが消え、不安が胸にまとわりつく。

「お前、この間また襲われかけたらしいな。どうして言わなかった」

「……っ」

ひたと正面から見据えられ、言葉に詰まる。

「……高倉さん？」

「あいつも、どうして今まで黙ってたんだ」

怒った様子の北上に、違う、と思わず声を上げる。あれは夕希が嫌がったからだ。むしろ今まで言わないでいてくれていたことの方が不思議だった。

「あの時は、高倉さんが帰ってきてくれてすぐに逃げたから何もなかったんだ。夏樹兄に言わなかったのは、俺が心配かけたくなくて頼んだからだよ。高倉さんのせいじゃない」

本当に何もなかったし、あれ以降何もないから心配しなくてもいい。そう続けた夕希に、北上が少し驚いたような表情をする。だがすぐに溜息をついて「それでもだ」と続けた。

「放置していいって話じゃないだろう。これだけ続けば偶然とは言えない。警察に届けを出して、うちかホテルに移れ」

改めて言われたそれに、考える前に首を横に振っていた。家を空けたくない。確かにそれもある。けれど今は、もう一つ理由が増えていた。

「ごめん、今度は何かあったらちゃんと言うから。高倉さんにも、悪いと思うけど」

項垂《うなだ》れた夕希に、しばらく考え込むように沈黙を守っていた北上が、仕方がないと呟いた。昔から一度言い出したらきかないからなと諦めたように溜息をつく。

「ただし、次に何かあったら移動させるからな。それから、夜は絶対に一人で外に出るな。帰りが遅くなる時は俺か高倉が迎えに行くから連絡しろ」

こくりと頷き、ごめんともう一度頭を下げる。と、不意に腕が伸ばされ頭を撫でられた。

顔を上げると、そこにはいつも通りの北上の優しい表情がありほっとする。

「ありがと、夏樹兄」

「いや、それより夕希。お前、高倉と何かあったか？」

「え、なんで？」

ぎくりとしながら聞き返すと、いや、と北上が説明してくれた。

「朝、電話があってな。お前の様子がおかしいから顔を見せてやれって言われたんだ」

「高倉さんが？　え、じゃあ今日は……」

「どのみち来ようとは思ってたからな」

告げられた事実に、気まずさと嬉しさが同時に押し寄せ唇を引き結ぶ。高倉が自分のことを気にしてくれていたという事実。そして、態度のおかしさを隠しきれていなかったことへの居心地の悪さ。

「……あの、さ。夏樹兄の知り合いで、望さんって人がいるって前に言ってたよね」

「望？　ああ、そういえば話したことがあったか」

「うん、小さい頃から面倒見てたって。その人、高倉さんとも知り合いなんだよね？」

「そうだな。あいつも昔から知ってるが。それがどうしたんだ？」

いや、と呟き、聞いた端から後悔した。急にこんなことを聞いたら変に思われるかもしれない。大体、どうして自分がこれほど気にしているのか――嫌な気分になっているのか、それ自体がわからないのだ。

「ごめん、忘れて。なんでもない。朝、高倉さんが電話してた時に、ちょっと名前が聞こえたから。そういえば聞き覚えがあるなって」

嫌な気分、と胸の中で繰り返し、そうかと思う。高倉が誰かを大切にしている姿。自分はそれを見たくないのだと唐突に自覚する。優しくして貰った。それが嬉しかった。だからこそ、その嬉しさを、自分一人に向けられたものにしておきたかったのだ。

ただの子供の独占欲だ。気に入ったものが、他の人のものだった。それがショックだったのだろう。

「あいつにとって望は、俺にとっての夕希みたいなものかな」

「え？」

ぽつりと告げられたそれに、北上の顔を見る。真《ま》っ直《す》ぐにこちらを見ている北上の視線はどこまでも優しい。幾ら見つめ合っても、そこにあるのは家族のような感情だけだ。

もしもこれが高倉だったら、多分、目を逸《そ》らしてしまうだろう。

「そういえば、前に俺には好きな人がいるって言ったことがあったか？」

唐突な話題の転換についていけず、だが随分前にそんな話をしたことがあったと思い出して頷く。

「聞いたことある。えーと、今も上手くいってる、んだよね？」

「ああ。おかげさまでな」

まさかと思い窺《うかが》うような声を出せば、小さな笑いとともに肯定が返ってくる。それにほっとし、いつ頃聞いたっけ、と思い返した。

「結構前だよね。俺がここに来て、二、三年くらい？」

「そうだな。確か、テレビを見てて聞かれたんだ。恋人って何って」

くくくっと、当時を思い出したのか北上が笑いを零《こぼ》す。昔のことをまるっと知られているのはこういう時に恥ずかしいと思いつつ、唇を尖《とが》らせた。

「もういいよ、それは」

それより何、と続きを急《せ》かすと再び問いかけられた。

「どう思った？」

「どうって言われても……」

大切な人。大事にしたい人。誰にも渡したくない、そして相手も自分のことをそう思ってくれている人。一方的でなく、どちらもが相手のことを想い合っている。

「いいなあって、思ったかな」

そんな人がいたら、どんな気持ちになるだろう。そう思ったのだ。そしてその時の北上が普段の優しさに、さらに柔らかな甘さを含んだ表情になったため、そんな感情を向けられる相手がいることが羨《うらや》ましいと思った。

「そうか」

言いながら、北上が再び夕希の頭をそっと撫でてくる。

「お前達、似てるのにそういうとこは正反対だな」

「似てるって、誰に？」

「誰だろうな」

苦笑交じりのそれに、ふとあることに思い至る。少し前、北上が高倉に言っていた言葉。

（もしかして、あの時の……）

似ているから、放っておけなかったのかと。それはもしかして望という人のことだったのだろうか。そうならば、さっきの北上にとっての自分が高倉にとってのその人という言葉の意味もわかる。

けれど、それを聞けば盗み聞きしていたことがばれてしまう。そう思い口をつぐんだ。

「色々複雑だが……いい傾向ではあるんだろうな」

「何が？」

「誰かを大切にできる人間は上等だってことだ」

「……え、と」

謎《なぞ》かけのような言葉に眉間に皺を寄せると、答えは自分で見つけろというようにそれ以上を告げようとはしない。そして代わりに一言。

「まあ、人間悩んで大きくなるもんだ」

「は？　何それ急に。意味わかんないよ、夏樹兄」

唐突な台詞に目を眇《すが》めると、頭の上の手がぽんぽんと頭を叩《たた》いてくる。

「頑張れ、青少年」

一応励ましているのであろう言葉で締めくくられ、結局答えを与えないまま北上は帰っていった。


身体が揺れている感覚に、ふっと意識が浮上する。温かく心地よいそれに、身を寄せるようにしがみつく。

確か、こんな感覚をごく最近感じたことがある。とても気持ちよくて、離したくなくて。真綿に包まれているような温《ぬく》もり。

（そう、確か……）

そこまで考えたところで急速に思考がクリアになる。自分の今の状態を自覚した瞬間、声を上げなかったことを心の中で褒め称《たた》えた。

（なんで、高倉さんに……っ）

どうしてか、また高倉に抱き上げられ運ばれていた。なんで、と思い、意識がなくなる前までのことを思い出す。夕食後、遅くなると言っていたができるだけ待っていようと思ってリビングで写真の整理をしながら日記を書いていたのだ。多分、そのうちにソファで寝てしまっていたのだろう。それを帰ってきた高倉が運んでくれているのだ。

片腕が太股の下に回され、もう片方の手で背中を支えられている。だがどうして、自分は高倉の身体にしがみつくようにしているのか。思わず身じろぎすると、高倉の足がぴたりと止まった。

咄嗟にそのまま目を閉じて寝たふりをしていると、高倉が再び足を進めた。部屋の扉を開き、ベッドの上にそっと下ろされる。目を必死に閉じながら、寝返りを打つふりで横を向いて顔を隠した。

上から布団をかけられ、髪を撫でられる。優しい感触に泣きたくなりながら、布団の中で身を縮めた。すぐに出て行くだろうと思った高倉の気配は、だが一向に去らず夕希は必死で寝たふりを続ける。そしてふと、指先が頬を掠《かす》めるのを感じた。

びくりと、身体が震えそうになった。それを堪えていると、ゆっくりと指が離れていく。さらりとした硬い指先。ほんの少しの感触に、どくどくと早鐘のように心臓が高鳴る。

早く出て行って欲しい。そう思いながら強く目を閉じると、やがて気配は離れていきぱたりと扉を閉める音が聞こえてきた。

しばらくの間身動きが取れず、けれど恐る恐る目を開く。そして自分の身体に起こった変化に戸惑いつつ、泣きそうになった。

「なんで……」

髪を撫でられ頬を指先が掠めた瞬間、身体が熱くなったのだ。鼻先を掠めた高倉の匂い。スーツ越しに感じた体温。それらが一気に蘇り、信じられない状態になってしまった。腰に感じる違和感。重苦しさ。滅多になかったそれは、だが全く知らないものでもない。昔、一番最初にそうなった時、病気かと思い泣きながら北上に話して教えて貰った。

「俺……どうして」

そっと布団の中で手を下げる。パジャマの上から触れた自身の中心。硬く張り詰めたそれは、欲情した証《あかし》だ。

「……っ」

唇を噛み、身体を丸める。下着の中に潜り込ませた手で、直接それに触れた。ひくりと身体が震えそっと掌で握る。泣きたくなりながら枕に顔を埋《うず》めた。

目を閉じれば、先ほど感じた高倉の体温が蘇る。がっしりとした身体は、夕希がしがみついても揺るがない。そして同時に、高倉とキスをしていた夢が脳裏を掠めた。

「……、……――」

声を噛み殺し、握ったものをゆるゆると擦る。夢の中でのキスを辿るように思い出す。優しく、温かな濡れた感触。握られた手。唇を舌で辿られ、宥《なだ》めるように啄《ついば》まれた。

「……あ、……──っ」

あの掌で身体に触れられたら、どうなってしまうのだろう。そう思った瞬間、掌に握り込んだものがひくりと反応した。先走りが零れ始め、擦る手が止まらなくなる。硬く大きな掌でそこを擦られているところを想像しただけでもう駄目だった。

「……──っ、あ、……か、くらさ……っ！」

腰が震え、掌に生温かいものが広がる。放埒《ほうらつ》がおさまるまで幾度か身体が震え、そして一気に弛緩《しかん》した。どっと脱力すると同時に、心の中に言いようのない感情が広がる。

「……──っ」

好きな人、という言葉が胸の奥に過《よぎ》る。だが、同時に綺麗《きれい》なものを汚してしまったような罪悪感が沸き上がった。

高倉のことが好きなのだろうか。ごまかしようのないそれに、唇を噛みしめる。

今日、北上に家を移るかと言われた時。真っ先に思ったのは、高倉と離れたくないという一点だった。一緒に暮らせるこの生活を続けたい。期限があるからこそ、せめてその間だけは一緒にいたかった。

高倉に対して感じた独占欲。自分にだけ優しくして欲しかった。他の誰かに優しくしている姿を、見たくなかった。

けれど、どれもこれも夕希の一方的な想いだ。こんなふうに触れて欲しいなど言えるわけがない。気持ち悪がられるか……いや、そうとは言わず距離を置かれて終わりだろう。

北上を見ていて、好きな人ができるということはもっと甘く嬉しいものだと思っていたのに。こんな生々しい感情を受け止めてくれるなどと、言えるわけがない。

脱力感とともにのろのろと起き上がり、後始末をする。虚しさだけが心の中を満たし、嬉しさなど微塵《みじん》もない。高倉を貶《おとし》めてしまった。そんな気さえして、自身に吐き気がしそうになる。

こんな気持ちは知りたくなかった。そう思う端から、それは嫌だと誰よりも自分の心が訴える。好きにならなければよかったなどとは、到底思えなかった。

パジャマの上から、腕の痣《あざ》に爪《つめ》を立てる。幸せの象徴。運んできてくれたこれは、幸せなのだろうか。

「ごめんなさい……」

そう呟いた声は、小さく、儚《はかな》く。夕希自身の想いのように消えていった。

「すみません、よろしくお願いします」

「ああ」

土曜日の朝、夕希は玄関先で高倉に頭を下げた。

高倉の手には、猫用のキャリーバッグがある。動物病院に診察に連れて行く時に使っているそれは、あと何回その役目を果たすだろうか。

本当は夕希が連れて行く予定だったのだが、父親宛の荷物が午前中に届くらしく、来週学生に渡さなければならないため受け取って欲しいと言われ、高倉に留守を頼んだのだ。

『それなら、俺が病院に行けばいいだろう』

あっさりとそう言われ、てきぱきと猫を連れて準備をしてしまった。申し訳ないからと言っても聞く耳を持たれず、こうして送り出すことになってしまったのだ。

「先生に、貰ってくれる人とか捜している人がいそうだったら教えて欲しいとは伝えているので。もしよかったら聞いてきてください」

「わかった」

行ってくる、という声と猫の鳴き声が重なる。病院は近所だが、土曜の朝は混むと聞いているので申し訳なさが募った。

高倉を見送った後、溜息をつきながら庭へ向かう。水やりをしようと水場からホースを引き、プランターの上に撒《ま》く。高倉のことを考えながら身体を慰めてしまったあの夜から、一週間が経っている。あの頃から、夕希はまともに高倉の顔を見ることができなくなってしまっていた。

どうにかいつものように笑ってはいるが、視線を合わせられない。かなり不審な顔をされてしまっていたが、どうやら仕事を詰め込まれてしまったらしく、先週は朝早くから夜遅くまで仕事に行っておりあまり顔を合わせる時間がなかったため追求されることはなかった。

今日は事務所が休みで朝から家にいたため、どうごまかそうかと思っていたのだ。朝一番に父親から電話があり、病院へどちらが行くかの言い合いをしていたため、あまり意識せずにすんでほっとしていた。

「あと、一ヶ月か……」

高倉がこの家にいる期間も、あと半分。もう少しすれば夕希も学校が始まるため家にあまりいなくなる。このまま離れてしまうのが一番いいのかもしれないとぼんやり思う。

(今ならまだ、多分大丈夫だ)

きっと、諦められる。大学に行き始めて忙しくなったらそれどころではなくなるだろうし、高倉もこの家を出たら夕希とは無関係になるのだ。元々忙しい人だ。二ヶ月だけ一緒にいた子供のことなど、すぐに日常に押し流されてしまうだろう。

ぼんやりと考えごとをしていたせいで、玄関から聞こえてきた音を聞き逃してしまう。ざっざっと土を踏む音が響き、気がついた時には肩に手をかけられていた。

「……っ!」

「ヨウ」

強引に振り返らされ、息が止まる。手の感触と、はっきりと聞こえた音に身体が震えた。あの時の男だ。本能的にそう思う。あの日の夜、家の庭に入ってきていた。そして、何かを言われた、あの時の。

高倉よりは背の低い中年の男は、よれたスーツに無精ひげという姿で夕希の目の前に立っていた。元はいいものだったのかもしれないが、薄汚れた印象が拭えない。ぎらぎらとした目つきで夕希を睨《にら》みつけると、忌々《いまいま》しげに告げた。

「ったく、ようやく人気《ひとけ》がなくなった。ここのところ夜もあいつらうろうろしやがって。ヨウ、行くぞ。もう時間がない」

「……い、やだ……誰、離し……っ」

摑《つか》まれた腕を振り払う。後退《あとずさ》ろうとするが、花壇に足が引っかかって止まる。ちっと舌打ちした中年の男が、いいから来い、と夕希の腕をさらに摑んだ。

「嫌だ！　あんた、誰……っ」

「何知らないふりしてやがる。お前の父親の顔を見忘れたか、人殺しのガキが。警察に突《つ》き出されたなくなったら、大人しくついてこい」

「……――っ！　知らない、俺、あんたなんか……っ」

「忘れたふりしたって無駄なんだよ。お前のそのツラと、ここにある四葉の痣が何よりの証拠だ」

言った後で、ぐい、とシャツの袖が肘《ひじ》の辺りまで引き上げられる。腕を裏返され手首と肘のちょうど中間辺りにある痣を晒《さら》された。長袖を着ている今、捲り上げなければ見えない場所にあるそれを言い当てられ、息が止まりそうになる。夕希の唯一の手がかりとも言える身体的特徴を、目の前の中年男は正確に知っていた。

チチオヤ、ヒトゴロシ。その言葉が脳裏を駆け巡る。一体どういうことだ。落ち着いて考えたいのに、男から逃げ出す方が先だと本能が訴えていた。

はっと我に返れば、男に引き摺《ず》られそうになっていた。連れて行かれたらお終《しま》いだと足を踏ん張り、男の手を振り払おうとする。

「おい、てめえ！」

「嫌だ、俺はあんたなんか知らない！」

「なんなら、この家の人間に話つけたっていいんだぞ。お前は俺の息子《むすこ》で人殺しだってな。どうやってこの家に入り込んだか知らねえが、迷惑被ってまでお前の面倒を見てくれると思ってんのか。ああ？」

「そん、な……の」

こんな男の言うことは信じられない。そう思う端から、そうかもしれないと思う自分がいる。空白の時間。失われた過去。それが、これほどまでに恐ろしいものだということを久々に思い出した。不安と恐怖に、心が埋め尽くされそうになっていく。

「……っち、ぐずぐずしてると人が来る。おい、来……っ！」

ぐっと腕を引かれ足を踏み出した瞬間、何かを踏んだ感触がする。驚いたような声がし、目の前で男がよろけながら後退る。花壇の石に足を引っかけ転びそうになったのを立て直そうと、上半身を反らして腕を上げた。

ホースを踏み、出しっ放しだった水が撒き散らされ男にかかったのだということは、夕希の意識から完全に追い出されていた。

目の前の光景から目が離せない。よろけた身体。反らした上半身。こちらに向かって伸ばされた手。見たことのある、姿。

『いやあぁぁぁ！』

女の人の、叫び声。

耳にその声が蘇った瞬間、夕希は自分でもわからぬままその場に崩れ落ちていた。声にならない声で悲鳴を上げる。掠れたそれは、大声すら出せないほどの驚愕《きょうがく》を夕希に与えていた。

「……っくそ！」

苛立《いらだ》たしげな声とともに、足音が遠ざかっていく。それすらも意識できないまま、夕希は瞬きすら忘れ掠れた声を出しながらその場にうずくまり続けた。

どのくらい庭で座り込んでいたのか。恐慌が治まってきたのは、しばらく経った頃だった。肩で息をしながらようやく周囲の様子が視界に入ってきた頃、家のチャイムが鳴らされたのだ。がくがくと震える足で玄関に向かうと、宅配便の配達員が驚いた様子でこちらを見ていた。

足下が泥だらけになっていた夕希は、水やりをしていたら転んでしまったとぎこちなく笑いどうにかごまかす。荷物を受け取り急ぎ足で家の中に入ると、震える足をそれ以上進めることができなくなり、扉を背にずるずると玄関口にしゃがみ込む。

中年の男がいなくなっていたことに気がついたのは、チャイムが鳴った時だ。恐らく、夕希の様子がおかしくなり連れて行くのは無理だと判断したのだろう。ほっとしつつも、また来るであろうという確信からぶるりと身体が震えた。

(……人殺し)

投げつけられた言葉は、真実だ。思い出したわけではない。未《いま》だに、自分が誰なのかもわからない。「ヨウ」と呼ばれていたから、それが自分の名前なのかもしれなかった。

だが、多分。人を殺したというそれだけは真実だ。

脳裏に蘇った悲鳴。顔も声も薄ぼんやりとしている。だがこちらに伸ばされた手と、絶望的な視線だけがやけにくっきりと頭の中にこびりついていた。

あれは誰だろうか。大人の女性だということだけは確かだ。

(母親……?)

幼い子供の周囲にいる女性で、一番可能性の高い人物。まさか自分は、母親をこの手にかけてしまったのだろうか。絶望的な気持ちで、床についた拳《こぶし》を握りしめる。

最初は、思い出せないことが怖かった。過去も、そして未来もわからないことが。けれどこの家に来てからは、未来さえあればいいとそう思えるようになった。それなのに。

「こんなの、思い出したくなかった……っ」

声を絞り出し、石の床を拳で叩く。何度も何度も、行き場のない怒りをぶつけるように。そして、言い知れぬ恐怖をごまかすように。

「……――っ」

ぐっと唇を噛む。八つ当たりのように床を叩き続け、そしてようやくこれからのことに意識を向ける。とにかく、あの男を高倉に会わせないようにしなければ。自分のことはともかく、高倉に何か危害が及べば後悔どころの騒ぎではない。

『間違ったことをしたと思ったら、ちゃんと謝る。それからどうするかは、一緒に考えてやるから』

ふと、幼い頃そう北上に叱《しか》られたことを思い出す。

「……誰に、謝ればいいのかな」

ははは、と乾いた笑いを零す。そうして立ち上がり、気合いを入れるように拳で脚を叩く。震えが止まっていることを確かめ、よし、と声を出した。

「水江《みずえ》さんに連絡。あと、着替えと片付け」

やらなければならないことは決まった。とにかく、自分が何かしたというのなら警察に行こう。過ちを隠してあの男に連れて行かれるくらいなら、罪を償った方がましだ。不審者の件もある。水江に連絡すれば、あの男をどうにかしてくれるかもしれない。

正直に言えば誰にも何も言いたくなかった。黙っていてすむことなら、知られたくないし知りたくもない。もし高倉がこの家にいなければ、警察に行こうとは思えなかっただろう。震えて家の中に閉じこもって、誰かに助けて欲しいと、そう考え続けていたはずだ。

（けど、そんなこと言ってる場合じゃない）

今の自分の最優先事項。それは自分の保身よりも、高倉や両親に迷惑をかけないことだ。万が一、あの男が高倉達に何かをしたらと思うとぞっとした。

「早く、しなきゃ」

ぼやぼやしていると、帰ってきてしまう。

ふらつく足を叱咤《しった》しながら、夕希は一つ一つ片付けるべく家の中へと戻っていった。

高倉が病院から戻ってきたのは、昼前のことだった。

泥のついた服を着替えて散々な状態になっていた庭を簡単に片付けていた頃、チャイムが鳴った。早足で玄関の方へ行き、だが夕希はそこでぴたりと足を止めた。

高倉の横に、見知らぬ青年が立っている。夕希より少し背が高くさらりとした黒髪の青年は、出迎えた夕希を見て綺麗に微笑《ほほえ》んだ。

「おかえりなさい……あの」

戸惑いながら高倉と青年を見比べていると、キャリーバッグを持った高倉が溜息をついた。

「悪いな、北上の知り合いだ。勝手に押しかけてきた」

「こんにちは、初めまして。雪柳《ゆきやなぎ》望です」

おっとりとした青年の自己紹介に、あ、と声を上げる。望というその名に、先日の北上との会話が蘇る。

「西宮夕希です。初めまして……北上さんから、お話は伺ったことが」

ここで立っていても仕方がないと、家の中へと促す。玄関に入った瞬間、泥が落ちていることに気がつきぎくりとする。さっき泥だらけの足で戻ってから、庭の方に気を取られて掃除するのを忘れていた。

「すみません、ちょっと汚れてて」

苦笑しながら二人を通すと、高倉が不審げな表情を向けてきた。夕希の服が替わっていることにも気がついたのだろう。視線が上から足下へと移っていく。右手の辺りで視線が止まり、一気に表情が険しくなった。

「何かあったのか？」

「水やりしてたら、庭で思いっきり転んで。花壇にぶつけました」

あはは、と笑いながら背中に拳を隠す。先ほど激情に任せて床を叩いた時に擦《す》り剝《む》き、血が滲んでいたのだ。靴を脱いで上がり、どうぞと望と高倉をリビングへと通した。

「お茶入れますね。高倉さん、猫預かります」

「そっちは俺がやるから、お前はこっちを頼む。そいつを出したら座っていろ」

ぽんとキャリーバッグを渡され、台所へ行く高倉を視線で追う。リビングの入り口でこちらを見ていた望に、慌ててどうぞとソファを勧めた。猫は大丈夫だろうかと思いつつ口を開こうとすると、一瞬早く大丈夫だよとおっとりとした声が耳に届いた。

「猫、出してあげてください。好きだから」

「あ、はい。ありがとうございます」

そのまま床にバッグを置いて開ける。するりと中から猫が出てきて、夕希の脚に身体を擦りつけてきた。背中を撫でてやると、そのまま足下にまとわりついてくる。

「懐かれてるね」

笑み含みの声に、そうですねと答える。

「引き取り先が見つかるまで、預かってるだけなんですけど」

「名前は？」

「つけていません。つけるなら、飼い主になる人の方がいいだろうから」

望の質問に、首を横に振った。そう、猫を保護してから今まで、夕希はあえて名前をつけなかったのだ。元の飼い主が現れるかもしれないし、他に飼ってくれる人が見つかるかもしれない。どちらにせよ、この猫と自分との関わりは一時的なものだ。ならば、自分は名前をつけるべきではないと思ったのだ。

「そう？　仮でもつけておいた方が、離れる時楽だと思うんだけど」

さらりと言われた言葉に首を傾《かし》げると、個人的な意見だから気にしないでと笑われる。曖《あい》昧《まい》に頷き、高倉の手伝いをするべくキッチンの方へ向かおうとした。

「あ、すみません」

だが一足遅く、高倉が三人分のカップを運んできた。急いで駆け寄り受け取ろうとするが、大丈夫だから座れとソファを示される。躊躇《ためら》いながら、任せて望の向かい側に腰を下ろした。

「うわあ、宗延《むねのぶ》がお茶運ぶところなんか初めて見た。明日は雪かな」

「うるさい。黙っていろ」

くすくすくす。楽しげに笑った望の言葉に、ぎくりとする。宗延、と心の中で呟いて二人を見遣った。一瞬、うちに寝泊まりしているとはいえ家主が客にこんなことをさせていることを暗に責められているのかもしれないとも思ったが、そこは単純に珍しいといった響きしか感じ取ることができなかった。

高倉が三人分のコーヒーカップを並べ終わったところで望の隣に座る。そこに座るんだ、と。咄嗟にそう思い、そんな自分に内心で溜息をつく。座った場所が、心の距離を表している。そんな受け止め方をしてしまった自分が嫌だった。

何気ない動作一つ一つに勝手に傷つき、それで、と続けた。

「今日は……俺に、何か用ですか？」

「宗延がお世話になっている家の方に、挨拶をしたかっただけです。歳が近いって聞いていたから、一度会ってみたかったんだ」

にこにこと告げられ、はあ、と間抜けな声を出す。構えていた分拍子抜けしてしまった。なんとなくだが、文句を言われるような気がしていたのだ。

どうしてだろうと思い、すぐに気づく。

望の笑みが、少しも笑っていないからだ。優しげな笑顔なのに感情だけをどこかに置いてきたようなそれは、愛想笑《あいそわら》いにすらなっていない。

「夏樹が、弟ができたみたいで可愛いってよく言ってた」

「そう、ですか？」

うん、と頷くその表情はやはりどこか冷たい。温度がないというのは、こういうのを言うんだろうな。場違いなほどのんびり考え、視線を俯かせた。正面から目を合わせても、どういった顔をすべきかわからなかったのだ。

「君が使ってた教科書、僕のお下がりもあるんだよ。一回くらい会わせてよって言ってたんだけど、そのうちにって言って全然会わせてくれなかったんだ」

「じゃあ、あの教科書、あなたの……あの、ありがとうございました。凄く助かりました」

確かに、高校卒業の資格を取り大学受験のために勉強していた頃、北上が、少し前のものだけどと言って教科書やノートをくれたことがある。知り合いのお下がりを貰ってきたと聞いていたが、それが望だったのか。とても綺麗にまとめていて、見やすかったのだ。

「どういたしまして。宗延もいつの間にか手懐けてるし。凄いね、君」

「え?」

「おい、望……」

いきなり不穏な言葉が交じり、目を見開く。何かを言おうとした高倉を視線で制し、望がにっこりと変わらぬ笑顔で続けた。

「宗延がここに来たの、どうしてか教えてあげようか?」

「……――」

「夏樹一人で頼んでたらここには来なかったよ、この人。幾ら幼馴染みからの頼みでも、基本的にやりたくないことは頼まれてもやらないし。夏樹から協力して欲しいって言われたから、僕も一緒に頼んであげたんだ」

「一緒に？」

「そう。僕の頼みごとなら、よほどのことじゃない限り、大抵のことは聞いてくれるからね」

ちらりと隣に視線を移すと、高倉は溜息交じりで目を伏せた。肯定も否定もしないそれは望の言葉が真実だからだろうか。

「それが、最初の頃は渋ってたのに、今じゃ、家は見つかっても約束の期間まではいるって言うんだよ。これまで、全く他人に興味示さなかった人の言葉とは思えないよね」

くすくすと笑う望の言葉に目を見張る。ならば、高倉が住む家は見つかったのか。そう思っていると、今度は慌てた様子で高倉が望の肩に手をかけた。

「望！　お前それ……」

「えー、だって本当のことだし。隠すことでもないよね？」

「だからって、それは」

「いいでしょ。何、宗延、知られたくなかったの？」

どこか意地悪げに笑った望の笑顔は、夕希に向けられていたものとは違い温度が蘇っている。高倉も、これまでに見たことのないような焦った表情で、望という存在がそれだけ身近なのだとわかった。

（でも……）

なんとなく、喧嘩《けんか》を売られているような気がするのだ。高倉は、自分の言うことなら聞くのだと、わざわざそんなことは夕希に言う必要のないことだ。ただの勘だが、夕希がどういう反応をするか見ようとしているのではないだろうか。

高倉の家が決まったというのなら、早めに出て行って貰った方がいい。夕希にしてみても言いやすくなり好都合ではあった。ただ、それは後から高倉に言えばいいことだ。

すっと、軽く息を吸う。誰に対しても笑う必要はない。言いたいことは言えばいい。そう言ってくれた高倉の言葉に背中を押される。そして、笑った。望と同じ温度のない笑顔で。

「ありがとうございます。きっかけはどうでも、俺は、高倉さんが来てくれて嬉しかったので。今後のことは心配ないです。俺でもあなたでもなく、高倉さんに決めて貰います」

そして一瞬言葉を切り、続けた。

「事情は知らないので見当違いかもしれませんが。高倉さんがあなたの頼みならきくのに理由があるのなら、あまりそれを盾に取らない方がいいと思いますよ」

言い終えると、二人が揃《そろ》ってこちらを見ていた。高倉までもまじまじとこちらを見ているのに、内心動揺する。

（い、言いすぎたかな）

望は高倉の知り合いだ。夕希がむっとしたからといって、高倉が気にしていなければ単なる余計なお世話に過ぎない。むしろ、親しい相手に喧嘩を売っているようにしか見えないだろう。

けれど、と尻込《しりご》みしそうになる気持ちを叱咤する。

言ってしまった言葉は取り消せないし、間違ったことは言っていない。開き直った気分で笑顔を崩さないまま望を真っ向から見返した。すると、望が先ほどまでの笑みを消して観察するような視線をよこしてくる。

「あの」

笑みを消し、眉《まゆ》を顰《ひそ》めて問えば、途端に望が顔を伏せる。若干、肩が震えている。

「……っく、くく……あはは、あはははは」

突然笑い出したそれに、驚いて目を見張った。何事かと思えば、さらに面白いと隣に座る高倉の膝を叩き始める。

「見た感じ、傷ついた顔するか落ち込むかどっちかかなと思ったんだけど、そう来るんだ。あー、確かにこれは夏樹の言う通りだね」

「え？」

「……――」

うっすらと涙まで浮かべた望の隣で、高倉が深々と息を吐きながらソファにもたれた。どちらかと言えば柔らかな話し方だったのが、突然大雑把になった印象に目を丸くする。どちらにせよ上品な雰囲気は変わらないのだが、目の前にあった壁が突然なくなったような感じがしたのだ。

「夏樹も宗延も、僕にとっては大切な人だから。二人が気に入ったのがどんな子なのかなって思って喧嘩売ってみたんだけど、気がついて貰えてよかった」

「けんかうってみた……？」

どうしてそこで、喧嘩を売ろうという発想になるのかがよくわからない。疑問符が頭の中を駆け巡り、助けを求めるように高倉を見た。

「すまんな、こういうやつなんだ」

その一言で片付けられ、そんなと眉が下がる。ともあれ、やはり自分の勘は正しかったということだろう。そしてこの状態になったということは、対応も間違えてはいなかったらしい。

「だって、肝《きも》が据わってないとこの先保《も》たないだろ。これでも心配してやったんだよ」

「それ以上はいい。少し黙れ」

強めの口調で言った高倉に、望がはいはいと肩を竦める。視線の鋭さも相俟《あいま》って、あれをまともに向けられたら怖《お》じ気《け》づきそうだと思うのに、慣れているのか一向に気にした様子がない。望達の会話は、驚きと混乱でほぼ頭の中を素通りしている。茫然と二人を見ていると、望が人懐っこい笑顔を見せた。今度はちゃんと親しげなもので、夕希に向けられているとわかるものだ。

「改めてよろしく。夕希君でいいかな。そうそう、宗延の家、見つかってはいるけど来月まではここにいる予定だから。それはちゃんと、本人が決めたことだよ」

「はい……あの、でも」

それは、改めて高倉に言うつもりだったのだ。売り言葉に買い言葉であの状態にはなったが、高倉には今日にでも新居に移って欲しかった。

「でさ、夕希君は宗延のこと……むぐっ！」

突如、望の隣から高倉が手を伸ばし、望の口を塞いでしまう。自分の方に頭を引き寄せるようにして、頭頂にぐりぐりと拳骨《げんこつ》を押しつける。むむーっと抗議するように唸る望を、まるで子供扱いするように「うるさい」と一蹴《いっしゅう》した。

二人の様子に、くすりと笑いが零れつつも、胸には言いようのない痛みが広がっていた。高倉の態度から望のことを可愛がっていると伝わってくる。これまで自分にも、他の相手にも見せていなかった顔がそこにはあった。もちろん、出会ったばかりの自分が知っている高倉のことなど、ほんの一部なのだろうが。

多分、自分は高倉に優しくして貰っていたと思う。ただそれ以上に、昔から可愛がっている存在が目の前にいるというだけだ。この痛みや望に向けられる羨望《せんぼう》は一方的なもので、夕希自身が心の中で決着をつけなければならないものだった。

（やっぱり、好きだなあ）

しみじみとそう思う。あの親しげな表情が、いつか自分にも向けられればいいのに。そう願わずにはいられない。

一緒にいて欲しい。そして、高倉からもそう望まれたい。そんなことを思って貰える要素が何もないとわかってはいるが、心の奥底で願うくらいは許して欲しい。

それにもしかしたら、自分は、高倉のことどころか今の自分のことすら忘れてしまうかもしれないのだ。その恐怖が、先ほどの父親と名乗った男との邂逅《かいこう》で現実のものとして突きつけられた。

ほんの少し思い出しかけた、人を殺してしまったかもしれない事実。これからどんどん思い出せば、今の生活のことをいつか忘れてしまう可能性もある。ならばせめて、覚えている間はこの気持ちを自分の中で大切にしておきたかった。

下手《へた》に高倉に告げて拒絶されても辛《つら》いだけだ。万に一つ、拒絶されなかったとしても、いつ忘れるかわからない相手に好きだと言われても困るだけだろう。

「ったく、痛いなあ。頭悪くなったらどうするんだよ。会社倒産したら、宗延のせいだからな」

「北上がいるだろう。そんなことで倒れる会社なら、さっさと潰してしまえ」

ようやく高倉から解放された望が、頭を押さえながらぶつぶつと文句を言う。気持ちを紛らわせるように、苦笑しつつ二人を見る。

「ええと、雪柳さん……」

「望でいいよ。二十三だから、ちょっと上なだけだし」

「じゃあ望さん、は、北上さんと同じ会社なんですか？」

たった今聞いた会話からそう推測すると、うん、と肯定が返ってくる。

「僕、オーナー兼社長。夏樹が副社長ね」

「……え？　社長さん、なんですか？」

「そうそう。大学の頃に起業した会社だからまだ年数は経ってないし小さいけど、わりと優良だよ」

あっさりと言ったそれに、目を見張る。

「凄いですね。あ、派遣会社って聞いたことがあります」

「そうそう。あー、でも今はどっちかっていうとお金持ち向けのなんでも屋かな。お金さえ出して貰えれば犯罪以外のことはなんでもやるよ」

「お金……」

「お金、大事だよ。世の中、何事もお金がないと始まらな……っ痛！」

拳骨で望の後頭部を叩いた高倉が、こいつの言うことは気にするなと遮った。

「家が金持ちで金銭感覚が狂ってるんだ。それはそうと、望、お前どうやってここまで来た」

「どうって、送って貰って？」

「車は」

「帰った」

「……――」

頭が痛い、といったふうな高倉が、望の腕を取って立ち上がらせる。

「送っていくから、さっさと帰れ」

「えー」

文句を言う望に構わず連れて行こうとする高倉に、腰を上げて声をかける。

「高倉さん、あの……」

二人が動きを止めて振り返る。と、望が高倉に掌を差し出した。

「車の鍵」

黙ってポケットからキーを取り出した高倉からそれを受け取り、望が夕希に向かって微笑む。

「じゃあ、今日はこれで。お邪魔しました」

「あ、はい。また……」

ひらひらと右手を振った望が、リビングから出て行く。やがてパタンと玄関の扉が閉まる音がし、静寂が部屋の中に戻った。

「なんだ？」

「お願いがあります。急で申し訳ないんですが、家が見つかっているならそっちに移って貰えますか？　できれば、今日にでも」

硬い表情の夕希の言葉に、高倉が目を見張る。すっと目を眇めて再び夕希の右手へと視線を移した。部屋の中の空気が剣呑《けんのん》なものへと変わる。

「やっぱり、何かあったのか」

「さっき男の人が来ました。俺の……父親、だって。多分、あの夜に来た人です」

「だったら……」

高倉の言葉を遮り、首を横に振った。

「この間来た水江っていう刑事さんに連絡しました。同じ人かはわかりませんが、あの方達が捜している人の特徴と似ているそうで……何かの事件の重要参考人、だそうです」

男が自分をどこかに連れて行こうとしていたこと、そして、恐らくまた来るだろうことを話す。そして、水江からの話を聞いた上で、夕希が考えたことを続けた。

「高倉さんには一度家を離れて貰いたいんです。刑事さんが、あの人はどこかで家の人間がいないことを確認しているんじゃないかって言っていました。俺一人になれば、またすぐにやってくると思います。警察の人も、近所を捜索してくれるそうですし、しばらく家に見張りもつくって……」

そう告げると、苛立ったような声に遮られる。

「馬鹿を言え。それはお前が囮《おとり》になるってことだろう……まさか、警察にそうしろとでも言われたのか」

怒りを滲ませたようなそれに、慌ててかぶりを振る。

「違います！　話を聞いて自分で考えました。刑事さんには、今日は一人で家にいるとしか言っていません」

実際、水江が夕希に対して告げたのは、できるだけ一人で出歩かないことや戸締まりをしっかりすること等、身の回りに注意する言葉だけだった。

「だったら尚更だ。狙われているとわかっていて、そんな危険な真似《まね》がさせられるか！」

心配してくれている。それがわかり嬉しくなりながら、大丈夫ですよと微笑む。

「もしあの人が来たら、外にいるところで捕まえて貰います。俺だって連れて行かれたくはないですし、ここでじっとしています」

むしろ夕希が何かをしようとすると、逆に足手まといになる可能性の方が高い。

「それに、さっき連れて行かれそうになった時、時間がないって言ってました。焦ってたようだし、多分すぐに解決すると思うんです。どうしても俺を連れて行かないとまずいような雰囲気でしたし。理由はわかりませんけど」

「だが！」

「……――俺、人を殺したそうです」

反論しようとする高倉の言葉を封じるように、ぽつりと呟く。

驚いたように夕希を凝視する高倉に、苦笑する。

知られたくはなかったけれど、隠したまま後ろめたい思いをするよりは、自分で言ってしまった方がよかった。正直に言えば軽蔑するような人ではないと思っているし、たとえ高倉にどう思われても、自分の気持ちは変わらない。

「思い出してはいないけど、多分、本当のことだと思います。きっとそれを忘れたくて、俺は過去を消して逃げ出したんです」

自分の両手を広げてみる。そこにはなんの感覚もないけれど、あの時一瞬脳裏を過った女の人の悲鳴だけは忘れない。

「両親にも、夏樹兄にも……高倉さんにも、迷惑はかけたくないです。でも、やったことを隠して、何も思い出さないままあの人に連れて行かれるのも嫌で……ここにいたくて。だから、これは俺の我《わ》が儘《まま》です」

幸せな時間をくれた人達に、今の自分のまま覚えていて貰って、そして迷惑をかけない方法。それは多分、何も知らせないまま思い出したふりをして、ここから去ってしまうことなのだろう。悲しませるかもしれないけれど、あの父親という男と関わらせるよりは、自分を遠ざけてしまう方がいい。

けれどそれは、一瞬の自己満足だ。この十年近くの間で夕希が両親や夏樹達から貰ったもの最たるものは、迷惑をかけても見捨てないでいてくれるだろうと、そう思わせてくれる愛情だった。自分の手に負えなければ助けを求めていいのだと。そう教えて貰った。

だから、夕希が犯した罪があるというのなら、ちゃんと償うための方法を見つけるために手を貸して貰う方を選びたい。そしてもし、本当に自分が誰かを殺していたら。自分一人で償うために、両親には養子離縁をして貰う。そう決めていた。自分を引き取る前に起きたことだ。両親達が周囲に非難されたりすることはないだろう。

決して、後ろ向きな気持ちでそうしたいと言っているのではない。そう話すと、不意に高倉が近づいてきた。目の前で足を止め、髪を撫でられる。

「お前は、強いな」

「強くはないですよ。一人じゃ何もできないですから」

おどけるように笑うと、ふっと高倉が笑みを見せる。優しげなそれは、これまでに見たことのない甘さを含んでいるような気がして、心臓が高鳴った。

「一人でどうにかすることだけが、強さじゃないだろう」

言いながら、頭が引き寄せられる。気がついた時には、高倉の胸に頬が当たっていた。背中に回った腕に力がこめられ、抱き締められる。

「高……」

「……――こんな方法には反対だ」

何かを堪えるように空いた間。そして、身体を通して伝わってくる言葉に目を閉じる。怒りを押し殺したような声に、最初の頃のような戸惑いを感じることはない。心配してくれているのだとはっきりわかった。こんな時に不謹慎《ふきんしん》だとは思うが、こうして抱き締めて貰っていることが素直に嬉しかった。温かな身体にしがみつくようにして高倉の背に腕を回す。

「お前がそうやって考えて決めたことなら尊重はしたい。だが、このまま無理矢理ここから連れ出したいのも本当だ。みすみす危険な場所に残しておけるか」

「高倉さん」

「もう少し待てないか？　お前の過去は、必ずはっきりさせる」

そう言った高倉に、小さくかぶりを振る。

「今が、多分一番のチャンスだと思います。両親が帰ってくる前にどうにかしたいんです。それに、俺、何かを思い出しかけてるような……時間が、ない気がして」

「時間がない？」

訝しげな声に、ずっと誰にも言えなかった言葉をそっと押し出す。

「……――本当は」

「夕希？」

「本当は、こわ、怖い、です。思い出して、今までのことを全部忘れたら……みんなのことも……高倉さんの、ことも」

震えそうになる声をどうにか堪え、高倉の背に回した手をぎゅっと握りしめる。縋《すが》るように握りしめたシャツから伝わる高倉の体温が怖じ気づきそうになる心を宥めてくれた。

「でも。もしかしたら……昔の自分のことがわかれば、今までのことは覚えていられるかもしれない、ですし。万が一、今のことを忘れた時に、あの人に利用されるようなことだけは避けたいんです」

実際のところ、過去を知って記憶を取り戻せる保証も、これまでのことを覚えていられる保証もない。けれど、いつどうなるかわからないのなら、今のことを覚えている間に過去の問題は片付けておきたかった。記憶を取り戻した夕希が、あの男に騙《だま》されて高倉達に迷惑でもかけてしまったら。その可能性は捨てきれない。

逃げたい。そう思う心を押し留《とど》めているのは、この温かさだ。この人のように、揺らがず、強くありたい。

余計に心配をかけてしまうから、弱音は吐きたくなかった。けれど、正直に言うことで自分の中の弱さと向き合えるような気がしたのだ。

言いたいことは言えばいい。夕希の中の不安に気づいてくれ、そう背中を押してくれた高倉にだからこそ、聞いて欲しかった。

「お前は、どうしてそう……」

低く絞り出すような声とともに、背中に回された腕の力がさらに強くなり、隙間がなくなるほどに身体が引き寄せられる。

「いいか、絶対に無茶はするな。危ないと思ったらすぐに連絡しろ」

身体から直接伝わってくる言葉に、声も出せず頷く。

「ありがとうございます」

再び、触れた身体から何かを言おうとする気配が伝わってくる。だがすぐにそれは、髪を揺らす溜息に変わった。夕希は、束《つか》の間《ま》の幸せに浸るような心地よさに身を預け、重くなった空気をごまかすように明るく告げる。

「大丈夫です。怖いのも痛いのも、嫌いですから。危ないことはしません」

いつか、気持ちを伝えられる日が来ればいいのに。そんな贅沢《ぜいたく》なことを思いながら、名残《なご》惜《お》しさを振り切って高倉から身体を離す。顔を上げて、心配させないようにと笑った。

「これでも悪運は強いんです。あ、でもすみません、解決するまで両親には黙っていて貰えますか。俺が、黙っててくれって頼んだってちゃんと説明しますから」

それから、と自分の身元がわかるかもしれないことを早口で続ける。

「水江さんにお願いして、俺の身元も調べて貰っています。俺、あの男の人から『ヨウ』って呼ばれていました。特徴も一緒だったみたいで……言っていたことが本当なら、どこかで見つかるはずです」

わかっても、あまり嬉しくはなさそうだけれど。そう思いながらの言葉に、高倉が夕希の右腕を取った。シャツの袖を肘まで捲《まく》り上げ、裏側にある痣を見つめる。

「特徴って、これか」

「はい。知ってたんですか？」

「水仕事する時に袖を捲っているだろう。それに時々、癖《くせ》みたいにそこを触ってたからな」

あ、そうか。今更ながらに気がつく。

「昔から、何かあるとつい手が行っちゃうんです。病院で目が覚めた時からずっとだから、記憶がなくなる前からの癖だろうってカウンセラーの人には言われました」

「四葉のクローバーか」

「運んでくるのは、幸せばっかりじゃないですけど」

あはは、と笑ってみせたそれは、だがすぐに驚きで喉の奥に押し込まれた。痣を上に向けたまま腕が持ち上げられ、顔が近づいてくる。そう思った瞬間、腕に温かなものが触れた。

身体が震え、次の瞬間、痛いほどに心臓が高鳴る。触れているところから伝わってしまうのではないかと思うほど、自分の鼓動がうるさかった。

「な、な……っ」

全身が赤くなる。顔から指先まで熱を持ったように熱い。

腕に、口づけられた。まるで何かを誓うように、恭しく。そっと。

「先のことは心配するな。お前がたとえ誰でも、何をしていたとしても関係ない。必ず助け

る。だから、お前は自分のことだけ守っていろ」

わかったな。そう念を押され、泣きそうになりながら頷く。もしいつか全てを思い出して昔の自分に戻ったとしても、この人のことだけは忘れたくない。心の底からそう思った。

「もし……」

「え？」

何かを言いかけた高倉が口を閉ざす。いや、と握っていた夕希の腕を離した。

「なんでもない。それはまた、これが終わってからだ」

なんだろうと首を傾げた瞬間、リビングの入り口からコンコンと軽くノックする音が響いてきた。思いがけないそれに肩が震え、咄嗟に高倉の前から飛び退《の》く。

「そろそろいいかな」

何食わぬ顔で立っていた望の姿に、いつからそこに、と呟くと、一旦出て行ってさっき入ってきたんだよと本当か嘘《うそ》かわからない笑顔で言われた。

「宗延、行くよ。あと、これ」

すたすたと近づいてきた望が、夕希の手を取る。はい、と渡されたそれは掌サイズの小さな機械だった。なんだろうと望を見る。

「防犯ブザー。結構な音で鳴るから、外まで聞こえる。非常用に。ここ押せばいいからね」

使い方を説明し、頑張ってと笑いかけられる。ありがとうございますと気の抜けた顔で返事をしていると、さて、と望が高倉を振り返った。

「さっき来た時にはもう準備が始まってそうだったから、後は任せて帰るよ。事態が変わったら連絡入れて貰えばいい。当座必要な荷物だけ持ってきて」

「ああ」

人に指図をし慣れている、と言えばいいのか。年上の高倉に対してもきびきびと指示を出す望は、実際、そういったことに慣れているのだろう。

「夏樹には念のため話すけど、いい？」

望に視線を向けられ、頷く。どのみち、高倉と望の二人に知られたのだから黙っていられるわけがない。

「邪魔はしないようにさせるから、それは心配しなくていい。ただし……」

ひたりと、正面から厳しいまなざしが見据えてくる。笑みも消え、そこにあるのは年少者に対する大人の視線だった。

「君に何かがあったら、少なくとも四人、これからずっと罪悪感を抱えて生きていかなきゃいけなくなる。それだけは忘れないように」

神妙な声に、はい、と答える。両親と北上、そして高倉。悲しみは癒《い》えていくけれど、罪の意識は心に消えない傷をつける。自分を守ることが大切な人を守ることだと教えてくれる望の優しさが嬉しかった。

「二人とも、ありがとうございます」

心からの感謝をこめて、丁寧に頭を下げる。

そして家を出る寸前までくれぐれも気をつけろと念を押す高倉に、笑って頷いた。


落ち着かない時は、掃除をするに限る。

高倉達が出て行って、しばらくの間ソファに座ってぼうっとしていた夕希は、気持ちを奮い立たせるように立ち上がった。傍《そば》で寝ていた猫も立ち上がり、すぐにしまったと思う。

「お前も連れて行って貰えばよかったな。ごめん、ここに残して」

身を屈めて頭を撫でると、構わないというような鳴き声が聞こえてくる。それに小さく笑って、さて、と声を出した。

「どこからやろうかな。やっぱ、お前が歩いてるからこの辺かな」

こまめに掃除機はかけているが、やはり猫の毛などがよく落ちている。この家を出て行くことになるかもしれないのだし、ならば少しでも綺麗にしておきたかった。

リビングから始め、キッチン、ダイニングと拭き掃除や整理をしていると、気がつけば日が変わろうかという時間になっていた。高倉達が行ったのが三時過ぎだったため、それから飲まず食わずで延々とやっていたことになる。

さすがに疲れたと思いながら、しんと静まり返ったリビングでソファに腰を下ろす。

「あ……、そういえば写真の整理もしとかないと」

高倉が来てから少しずつ写真を撮る回数が増えており、だいぶ溜《た》まってきていた。残しておきたいことが増えた証拠だ。

夕希の中にある全て——この気持ちすらも、写真の中に閉じ込めておけたらいいのに。そんな埒《らち》もないことを考える自分に苦笑を禁じ得なかった。整理ついでに日記も書いておこう。そう思ったが、なんとなく自分の部屋に戻りたくなくて腰が上がらない。

「お風呂沸かして、入って。寝て……ご飯食べて」

静寂の中に、独り言がぽつりと響く。ぱたりとソファに横になり、人気のない家の中を眺《なが》める。寂しいなあ、と唐突に思った。

「静かなのって、こんなに寂しいんだ」

あえて声を出したくなるほど、家の中は静かだった。そういえば、これまで一人で残されたことはほとんどなかったのだと改めて思った。こうして夜になっても誰も帰ってくるあてがなく一人、というのは初めてだった。

幸せだったのだな、としみじみ思う。今ここに猫がいてくれて本当によかった。

「お前がいてくれるから、まだ寂しくないな」

にゃーと一声鳴いた猫が、ふとソファの上で立ち上がる。するりと夕希の身体の上を通りリビングを出て行った。玄関や窓は閉めているし、外に行くことはないだろうと思いながら放っておく。

いつになったら片がつくだろうか。ふるりと身体が震える。

高倉にはああ言っておいたが——実際に間違ってはいないだろうが——本当のところ、自信はなかった。父親と名乗った男がどうして自分を連れて行こうと思っているのかが全くわからないからだ。多分、何かをさせたいのだろうが。

身代金目的の可能性もあると言われた。どちらにせよろくなことにはならないから、絶対について行かないようにと水江には念を押されたのだ。

ふと、腕の痣が視界に入る。高倉が口づけてくれた感触が、未だに忘れられない。

ソファから身を起こし痣を指でなぞる。思い出すだけで身体が熱くなる。そっと同じ場所に唇を触れさせ、すぐに離した。心臓が痛い。そう思いながら、腕を抱くようにして再びソファに転がった。

「好き……」

そう、言えたらいいのに。思いながら呟き、だが、次の瞬間聞こえてきた猫の鳴き声に尋常ならざるものを感じ飛び起きた。部屋の空気が一瞬で張り詰める。短い、悲鳴のような声。

「……っ！」

慌ててリビングを出て行こうとして、ダイニングテーブルに置いたブザーのことを思い出す。掃除中に間違って押してしまってはまずいと、そこに置いておいたのだ。一瞬迷った後、取りに戻ろうと踵《きびす》を返す。

「……――っ痛！」

だが、突如リビングの外から伸びてきた腕に引き倒された。だんと音が聞こえ、同時に身体に激しい痛みが走る。防衛本能から手足をばたつかせて暴れると、身体を押さえつけるように誰かが乗り上がってきた。

「や、だ……誰か……っ！」

「……大人しく、しろ！」

抑えた怒鳴り声とともに、ぱん、と思い切り頬を張られる。叩かれた衝撃で床に頭を打ちつけ、また頬に走った強い痛みに、目の前がくらりと揺れた。動きを止めた夕希の頭上から、やれやれと溜息が落ちてくる。

「ったく、手間かけさせやがって。お前、警察に電話しやがったな」

腰の上に男が跨《また》って座り、口を塞がれ身動きが取れなくなる。恐怖よりも先に混乱の方が強く、どうしてという疑問が頭の中を駆け巡った。

「どうしてって顔してるな。外はサツが張ってるんだろう？　そりゃあ捕まらねえよ。昼から家の中にいたんだからな」

楽しげに言われた台詞《せりふ》にぞっとする。ならばさっきまでずっと、自分はこの家の中に男と二人でいたということか。

「一緒に暮らしてる男は、今日はもう帰ってこないみたいだしな。このまま連れて行くか」

どうやら、昼間高倉達と話していた内容は聞かれていないらしい。ということは恐らく、二階のどこかに隠れていたのだろう。リビングで話している時は扉を閉めていたから、聞こえなかったのだ。水江に電話したのは自分の部屋だ。扉も開いていたから、あの辺りのどこかにいて、恐らくそれで警察に連絡したと察したのだろう。

（もしかしたら、部屋の中にいたのかもしれない）

全身に冷や汗をかきながらそう思う。猫は大丈夫だろうかと思いつつ、まずはとにかく逃げなければと唯一動く脚をばたつかせて暴れた。

「おっと。とりあえず少し大人しくして貰うぞ」

片手で夕希の口を塞いだままの男が、ジャケットの胸ポケットから何かを取り出す。光るものが視界に入り息を呑む。ナイフだと認識した途端、嫌な予感が胸を満たす。

「大人しくついてくれば手荒なことはしねえよ。後々、使い物にならなくなるようなことはしたくねえからな。ただし、逆らったら容赦《ようしゃ》なく殺す」

視界に入るように刃先を向けられ、恐怖から反射的に身体が動きを止める。

「そう、いい子だ。そのまま大人しくしておけよ。声も出すな。捕まるなら、お前を殺してからにするからな。外の人間が入ってくるより、こいつをここに刺す方が確実に早い」

いいな、と言いながら腹部にナイフを当てられゆっくりと口を塞いだ手を外される。声を上げないことを確認すると満足げに笑った。だがすぐにしげしげと夕希の顔を見下ろすと、嫌なものでも見るように顔をしかめた。

「ほんと、胸くそ悪いくらいにあいつに似てるな。その人を見下すような目。俺の人生が無茶苦茶になったのは、お前のせいだしな」

「あいつ……？」

誰に似ているのか。食い入るように見つめた夕希に、男が吐き捨てるように言った。

「お前の……——いや、母親だ」

母親。その言葉に、ぎくりと身体が強張る。自分が殺したというその人に、自分は似ているのだろうか。

不意に、男が下卑た笑いを浮かべる。

「あの小綺麗なツラをどうにかして歪《ゆが》ませてみたいと思ったことはあるが、そうだな、お前にさせるのも一興か」

「……っ」

「まだ時間もあるし、少し可愛がってやるよ。なあに、慣れりゃあ気持ちよくなる」

ここでな、と脚の間に手を入れられ、後ろを指でなぞられる。力を入れたそれにぞっと全身に鳥肌《とりはだ》が立つ。

身を捩《よじ》りたいが、腹に当たるナイフのせいで動けない。悔しさと恐怖に唇を噛み、そんな夕希の様子を男が楽しげに見下ろす。

「いいぜ、その顔。もっと悔しがれ。いつもいつも取り澄まして、人のことなんざ眼中にねえようなツラしやがって」

言いながら、服の上から押し当てられていたナイフが外される。ほっとする間もなく、鈍く光る先端が夕希の着ているシャツに向けられた。合わせに刃を差し込まれ、ぶつりとボタンの糸が切れる音が響く。

「やめ……っ」

「やめて欲しけりゃ、泣いて命乞いでもするんだな。俺を満足させたらやめてやるよ」

興が乗ったように全てのボタンをナイフで切り落としていく。

（逃げないと……でも、どうやって）

考えるものの、思考が空回りして思いつかない。ブザーに手は届かない。ナイフがある以上、下手に動けば刺されてしまう。人を呼んでも、自分が逃げなければ迂闊《うかつ》に手が出せないだろう。

絶望的だ。そう思いながら、だが脳裏に高倉の顔が浮かび、捨てそうになった希望にしがみついた。死にたくない。絶対に。

もう一度、あの腕に抱き締められたい。ちゃんと気持ちを伝えたい。

唇を噛み動揺を抑え込む。とにかく今は、隙を見つけることの方が大事だ。

「あんた、俺の父親だって言ったじゃないか！　なんでこんなこと……っ」

どうにかして男の手を止めようと言い募る。ボタンを失ったシャツの前が開き、下に着ていたTシャツを捲り上げられた。ひんやりとした空気に晒された素肌に、冷たい刃先が押し当てられる。

「……そうだ。父親だから、子供をどう扱おうが自由だろう？」

目を眇め、唇を笑みの形に歪めた表情にぞっとする。本気だ。そう思った瞬間、言いようのない恐怖から咄嗟に逃げようと身を捩ってしまう。

「……――っ！」

ぴり、と鋭い痛みが腹部に走る。刃先が滑り肌に傷をつけたのだろう。

「あーあ、だから動くなって言っただろうが」

呆《あき》れたような声とともに、男の掌が夕希の薄い腹を撫で回す。動けば今度は刺さってしまうかもしれない。身動きが取れないまま気持ち悪さを堪えていると、ごつごつとした手がやがて胸の辺りまで上がってくる。

「あの貧相なガキがこんなふうになるとはな。わかってりゃ手元に置いたんだが」

徐々に男の息が荒くなっているのは気のせいか。夕希の顔の横に手をつき、ナイフを持ったまま上半身を屈めてくる。口づけられそうな距離に、咄嗟に男の身体を押しのけるように腕を上げて顔を背けた。

「邪魔だ、どけろ」

だが肌に当たるナイフの感触が強くなり、震える手を床に下ろす。床に爪を立て、それでも言いなりになるしかない夕希の様子に、男が一層満足げに目を細めた。

腰に硬いものが押し当てられる。それが何かに気がついた瞬間、猛烈な気持ち悪さと吐き気がこみ上げ激しくかぶりを振った。

「……っく」

ともすれば吐きそうになる夕希をよそに、男が首筋に顔を埋めてくる。舌で肌を舐《な》め上げられる濡れた感触。

「ひっ」

怯える声に、肩口で笑う気配がする。味わうように肌を舐《ねぶ》られ、やがて鎖骨の部分に強く歯を立てられた。

「……――っ！」

痛みに声を上げそうになりどうにか堪える。勃起《ぼっき》しかけているものを押しつけられたまま腰を揺らされ、嘔吐感《おうとかん》を堪えるために唇を引き結ぶ。その口端を舐められ、床に頬を押しつけるようにして顔を背け続けた。

「ははっ、こりゃあいい。その顔、ぞくぞくする。もっと嫌がれ。あいつさえいなけりゃ、俺はこんなクソみてえな人生歩かずにすんだんだ」

苛立ちは、自分が似ているという母親に対してのものだろうか。恨みを持たれるほどの何をしたというのだろう。男が貶めたいのが夕希自身ではない『誰か』である以上、どうすればやめさせられるのかがわからなかった。

「母さんがあんたに、何したって言うんだ……っ」

時間稼ぎのために、男に疑問を投げかける。だがそれでぴたりと男の動きが止まり、何をだぁ、と低い声が耳に届いた。

「目障《めざわ》りだったんだよ。人の邪魔ばっかりしやがって。俺の物になるはずだったものを全てかっさらっていきやがった」

腹立たしさが蘇ってきたのか、男の動きが止まる。一方で夕希は、言葉の内容に違和感を覚えた。本当に、男が怒りをぶつけている相手は母親なのだろうか。

「……っち、いいところで」

再び男が動き出そうとしたその時、振動音が響き、身体を起こしてジャケットから携帯電話を取り出す。二言、三言返事をし、わかったと告げると通話を切った。

「時間だ。続きは後でやってやる。立って、そこの窓を少しだけ開いて外に出ろ」

身体の上からどいた男に腕を引かれ立ち上がらされる。そのまま肩を押され庭に面した窓へと向かった。庭は玄関側からは見えなくなっており、隣家との間にも目隠しのラティスが立てられている。一人分通れるくらいに窓を開き外へ出ると、男も後に続いて出てきた。玄関とは逆の家の裏手へ行けと促される。

窓を閉める間もなく、背中をナイフで押される。どこからか猫の鳴き声が聞こえてきて、そんな場合ではないとわかっているがほっと息をついた。多分、あの鳴き声はうちの猫だ。どうやら無事らしい。

隣家所有の貸し駐車場が見える位置まで来ると、壁の前に作られた太股くらいの高さの花壇を示される。そこは、以前誰かが花を踏みつぶしていた場所だった。

ふと周囲の暗さに違和感を覚えて視線を上げる。ここは、近くに街灯があるため夜でもそれなりの明るさがある場所なのだ。そしてすぐに目的のものを見つけ、心の中で舌打ちをする。

(電気が切れてる……こんな時に)

いつからだろうか。故障しているのか、一番近い街灯の電気が切れていた。両隣の街灯からは少し距離があり薄い光しか届かず、ぽっかりと穴が空いたように暗闇が周囲を包んでいる。さらに目隠し代わりになっている樹と駐車されている車が、表通りからの視界を遮り見つかりにくい状況を作り出してしまっていた。

そこに上がれと促され、心の中で母親に謝りながら花壇に上がる。

同時に男も上がり、夕希にナイフを押しつけたままフェンス越しに手を上げた。駐車場にワゴン車が一台停まっている。壁の向こう側に並ぶ樹に沿うように停められており、ガチャリと横開きの扉が開いた。樹の陰に隠れるように男が一人降りてくる。

「向こう側に行け。そこに仲間がいるから、逃げても無駄だ」

一か八か。逃げるならここしかない。そう思い、ちらりと周囲を見渡す。飛び降りて背後から男が下りてくるまでの間に、捕まらないように車の後ろに回ろう。今日は停まっている車が多い。車の間を抜けて左側に走れば、警察がいるはずだ。姿さえ見つけて貰えばきっと助けてくれる。

どのみち自分が逃げなければ、助けを求めようにも助けて貰えない。そう決めて、思い切ってフェンスを乗り越えた。下で待ち構えていた男から離れた場所に飛び降り、男の手が夕希の身体を掴むのを躱《かわ》して車の後方へ駆け出す。やった。そう思った瞬間、舌打ちの音とともに背後から腕を掴まれた。口を塞がれ暴れるが敵《かな》わず、車の方に引き摺られていく。

「んーっ！」

「……ってめ、逃げられると思ったか」

続けて男がフェンスを乗り越え、夕希を一瞥《いちべつ》する。夕希を捕まえた男が先に車に乗り、一緒に引き摺り込まれる。暴れようとした端から父親だと言った男に脚を掴まれ、そのまま車に押し込まれそうになった。

だがその時「うわっ！」と声が響き、突如脚が自由になる。夕希、と高倉の声が聞こえた気がした。声の主を確かめようとする直前、口を塞いでいた手が緩んだのがわかり思い切り噛みついた。

「痛っ！　このガキ！」

「しまった、逃げるぞ！」

次々に声が聞こえ、口元から外れた手を振り解《ほど》く。車が急発進する感覚。やばいと思う間もなく、咄嗟に開いたままの扉の方へ手を伸ばし車の外に転がり出た。ふわりと宙に浮いた感覚と、全身を襲った衝撃。転がるのを止められず、反射的に身体を丸めた。がっと何かにぶつかった衝撃と同時に身体が止まる。

「……――っ」

痛いと思う間もなく、意識が遠のいていく。どこかで再び高倉の声が聞こえた気がして、夕希は目を開くこともできないまま、ただ縋るように手を伸ばした。


小さな頃から、家の中が世界のほとんど全てだった。

外には、色んな場所があるということも知ってはいた。自分と同じくらいの歳の子供達が学校に通っているのも知っている。けれど自分の世界は家の中だけで、それはもう仕方のないことなのだと思うことしかできなかった。

小学校に通ったのは、二年間だけだった。それまでは多分、普通の家と変わらない生活だったと思う。みんなと遊んで、勉強をして。そして三年生になるという頃、唐突に母親が言ったのだ。

『葉《よう》。明日の朝、引っ越すからね』

なんのことだかわからなかった。引っ越しても学校に通えると思っていたから、うんと頷いた。けれど、引っ越した先はそれまでの建物が多いところとは全く違う、山に囲まれた場所だった。

『学校は？』

『もう行かなくていいの。あなたは家の中でじっとしていなさい』

そう言われ、どうして、と聞いたが答えては貰えなかった。そのまま日々は過ぎ、夕方から朝まで働きに出る母親を家の中で待つ毎日が続いた。昼間家の外に出て人目につくと激しく怒られたため、真夜中にこっそりと隠れるようにして外で遊ぶのが日課だった。

母親は、帰ってくる日もあったが帰ってこない日もあった。食べ物は、段ボール箱に入れられていたカップ麺やお菓子。数日帰ってこない時は、行く前に母親が補充していたため、食べるものがなくなるということはなかった。

ただ、熱が出てもお腹が痛くなっても、一人で痛みが治まるまで我慢していなければならなかったのだけは辛かった。

そしてしばらくすると、母親は再び引っ越しをした。まるで何かから逃げるように、それはいつも急だった。全く違う場所へ行き、全く同じ生活をする。だが、何年かそれを繰り返した頃、ある変化が訪れた。

『葉、もう引っ越さなくてもいいかもしれない』

そう言った母親は嬉しそうで、自分も嬉しくなった。昔の知り合いに再会して事情を話したら、助けてくれるって言うの。借金のこともきちんとしてくれるって。

初めて見た、母親の華やかな笑顔。嬉しそうなその表情に、うん、と笑って頷いた。

そうして引き合わされた男は、加藤《かとう》と名乗った。身なりもよく上等そうなスーツを着た大人の男。あまり縁のない相手に尻込みしていると、加藤はあいつによく似ていると言いながら頭を撫でてくれた。だが、その時になんとなく嫌だと思ったことは言えなかった。子供心に、加藤が自分に対して向ける笑顔が怖かったのだ。

加藤は、時々家を訪ねてきた。二ヶ月に一回くらい、平日の夜だったり休日だったり。そして来た時はいつも、自分は数時間家から追い出された。公園で遊んできなさい。そう言われ、アパートの隣にあった公園のブランコで時間を潰すのだ。

『葉！　あなた、加藤さんに失礼なことをしないでよ！　懐いてくれないって言われたじゃない。お父さんになってくれるって言ってるのに、何が不満なの』

なかなか加藤に懐かない自分を、母親はそう言ってよく叱った。

今考えれば、母親は安定した生活をしたくて加藤を繋《つな》ぎ止めることに必死だったのだろう。だが自分が懐かないため加藤が最後の決断をしてくれないのだと思っていた。

それから数年が過ぎ、十二歳の誕生日が来た頃。その頃には、以前と少し加藤の雰囲気が変わってきていた。時折すさんだ気配を感じるようになっていたのだ。身なりも以前ほど気を遣ったものではなくなってきており、よれたものが多くなっていた気がした。

家に来た時は決まって母親に買い物を頼み、そして母親がいなくなるその時間が自分は一番嫌いだったのだ。

『葉、おいで』

そう言って、胡座《あぐら》をかいた加藤の上に背中から抱くようにして座らされる。従わなければ母親にやってもいないことを吹き込まれ、後から叩かれ叱られるのだ。叱られることそのものよりも、夕希を見る母親の憎しみすらこもったような表情を見るのが嫌で、どうしても逆らえなかった。

加藤の膝に座った後はいつも同じだった。大きくなってきたな。そう言いながら、シャツの下に手が潜り込んできて、下腹部や内股を撫でられるのだ。

尻に当たる生温かい感触が気持ち悪く逃げようとするが、そうすると服に隠れた場所を叩かれた。痛みを泣きながら堪えていると、さらに興が乗ったように叩かれる。そして言うのだ。

『お母さんに言ったら、お母さんが悲しむことになる』

その一言は子供の心を容易に縛りつけ、ひたすら痛みと気持ち悪さに耐え続けた。

そして一年の終わりが近づき、冬の寒さが一段と厳しくなったその日、それは起こった。

『もう少ししたら、気持ちのいいことを教えてやろう』

その日、加藤はズボンの上から中心を大きな掌で撫でさすってきた。尻に硬いものを押しつけたまま腰を揺らされ、それが何を意味するかを知らないまま身体中に悪寒が走った。気持ちが悪い。これは、やってはいけないことだ。それだけが確かだった。

『いやだ！』

そう叫び、咄嗟に加藤の傍から逃げ出した。怖くて仕方がなかった。そうして近づいてくる加藤に手当たり次第に物を投げつけた。捕まれば嫌なことをされる。そして助けを求めようと外に出ようとした時、酒を買い足しに出かけた母親が帰ってきたのだ。だが運の悪いことにその日は朝から加藤と一緒に酒を飲んでおり、いささか量が過ぎていた。母親は加藤に物を投げつけている自分の姿に、何があったと問う間もなく眉をつり上げたのだ。

『ちょっと、何してるの！　加藤さんに謝りなさい！』

『いや、いいよ。俺がちょっと馴《な》れ馴《な》れしくしすぎただけだ。父親として接したいけど、なかなか加減が難しいね』

　苦笑とともに言われ、母親が甘えたような声で謝る。その二人の会話にぞっとし、思わずその場から逃げ出した。このままだと、とても怖いことになる。そう思ったのだ。

『葉！　待ちなさい、葉！』

　追ってきた母親に、アパートの階段の傍で捕まえられる。雪が積もっており足下が滑りやすくなっていたが、そんなことを気にする余裕はなかった。嫌だ、と思い切り手を振り払った反動で滑りそうになる。慌てて手すりにしがみついたところで「きゃあああ！」という声が耳に届いた。

　鈍い物音と悲鳴。昨夜から降り続け積もった雪に埋もれた、母親の姿。慌てて階段を降り、倒れた母親の横に膝をつく。

『おかー、さん？』

　小さな手で揺すった身体はぴくりともしない。上からひっという短い声がした。バタバタという足音がして、しばらくすると加藤が荷物を持って階段を降りてくる。母親と自分をそのままに逃げ去っていく姿を茫然と目で追い、再び母親に視線を戻した。

『ちょっと、大丈夫⁉』

　我に返ったのは、一階に住む住人が物音で外に顔を出した時だった。倒れた母親とその傍に膝をつく自分を見て、慌てて家の中に戻る。救急車お願いします、という声が耳に届いてびくりと肩が震えた。

突然、怖くなった。もしこのまま母親が目覚めなければ、自分は加藤のところに行かされるのではないか。

母親からは離れがたく、だが、加藤のところには行きたくない。その狭間でせめぎ合っていると、やがて救急車が到着した。何が起こっているのかわからないまま中に連れて入られて、事情を聞かれた。大人達に囲まれ言葉が出ないまま病院に着き、そうして一人ぽつりと待合室で待っている間に、母を置いて逃げ出したはずの加藤が病院に姿を見せたのだ。

顔を見た瞬間、思わず見えない場所に隠れていた。救急の入り口にある受付で話している声が、途切れ途切れに聞こえてくる。

「……か、それは……――。子供……待合室ですか……いえ、私が……」

その言葉を聞いた途端、跳ねるように逃げ出していた。

誰かに呼び止められた気がしたが、振り返ることもせず病院を後にした。母親のことは気がかりだったが、とにかく加藤に連れて行かれないよう家に戻ろうと思ったのだ。あそこで自分を助けてくれる大人は誰もいない。

どうしてそうしようと思ったのかわからない。

道は全くわからなかったが、病院に来た方向だけは覚えていたため、とにかくそちらへ向かって走った。その時、ちょうど荷物を運び入れていたトラックの荷台の扉が開いているのを見つけたのだ。乗り物に乗れば家に帰れる。そう思ったのかもしれない。ほとんど外に出ることがなくても、引っ越しの度に乗ったバスや電車はお金が必要だということを知っていたから、他のものに乗ればいいと考えたのだろう。

そして暗闇の中に身を隠したその後、激しい衝撃とともに世界は暗転した。


真っ暗な世界が、真っ白な世界に変わった。

殺風景な天井を見つめながら、夕希はゆっくりと瞬いた。長い夢を見ていた。そんな気がした。

どこからが現実で、どこからが夢だったのか。

それすらもわからなくなるほど、長い、長い夢……——。

首を巡らせ、周囲を見渡す。ベッドに横たわり、腕には針が刺さっている。管を視線で辿れば、ベッドの横に薬液の袋がかかったスタンドが立っていた。視線を動かし窓の方を見るが、光は全く入ってきていない。ならば夜だろうと、そう思った。

(病院)

真っ白いベッドと、真っ白い壁、天井。個室だろう、他に人はいない。

独特の、薬や消毒の匂い。昔、記憶を失ったばかりの頃に入院していた間は、この匂いに違和感を覚えたことはなかった。だが一度外に出て再び戻ってくると、慣れるのに少し時間がかかった。

上半身を起こし、深く長く、息を吐く。

部屋の扉が開く音がする。視線を向ければ、音を立てないようにして誰かが入ってくるのがわかった。

近づいてくる気配。足下の方を見ていると、棚の陰から覗いた足がぴたりと止まった。そっと視線を上げる。スーツ姿の男。上等なスーツを綺麗に着こなした男は、ネクタイを緩めて立っている。驚いたように目を見開いて、そして少しだけ……怯えたように。

「……夕希？」

息を吐くような、ささやかな声。その音を聞いた途端、深い安堵が全身を包んだ。よかった。身体中から、力が抜ける。

「高倉さん」

微笑んだ、つもりだった。けれどくしゃりと歪んだ顔は、笑みの形を作れなかった。頬を涙が伝う。流れるそれが、熱かった。

「……っひ、く……――」

声を殺して泣く夕希に、高倉が近づいてくる。右腕に刺した点滴に触らないようにベッドの端に腰を下ろす。大きな掌が、濡れた頬を撫でた。

「覚えているな？」

淡々とした声に何度も頷く。そして、しゃくり上げながら続けた。

「思い、出し……、た……っ」

幼い頃の記憶。全てではなくぼんやりとだが、なくしていたものを取り戻した。それ自体よりも、思い出しても今の自分を失わなかった、そのことが何よりも嬉しかった。

もう、過去の記憶に怯えなくてもいい。不思議なほど、そう確信できた。

不意に身体が引き寄せられる。高倉の腕に包まれ、強い力で抱き締められた。言葉もなくただ痛いほどに、抱き締められた腕に力がこもる。深く息をつく高倉の安堵したような気配に胸がいっぱいになり、思わず針の刺さっていない方の腕を上げて高倉の背に回した。

「丸二日、目を覚まさなかった」

こつんと額を合わせられる。怪我《けが》は、主に打撲と打ち身、そして切り傷。骨折はなかったが、頭を打ったことが心配された。検査の結果に異常はなかったものの、その後、いつまで経っても意識が戻る気配はなく、打ちどころが悪かったのかもしれないという懸念がもたらされた。

そして、今日で三日目。もしかしたら、という話もあったのだろう。それは幼い頃、入院していた時に言われたことでもあった。しばらく意識が戻らず、危険な状態だったのだと。

「ごめ……なさ……っ」

少しだけ治まってきた嗚咽《おえつ》を堪え、謝る。お前は悪くない。そう言いながら優しく頬を撫でられれば、止まりかけていた涙が再び溢《あふ》れた。

「こんなことなら、どうやってでも連れて出ればよかった」

後悔の滲んだ声に、それは違うと必死に首を横に振る。選んだのは自分だ。高倉が悪く思うことなど何もない。

愛《いと》おしさが胸に溢れる。この人が好きだ。そう思ったら、考える間もなく言葉が零れていた。言った後にどう思われるか。そんなことで躊躇う余裕もないまま、想いに押し出されるように声を紡ぐ。

「好き……です。高倉さんが、俺……だから、ごめ……なさ……っ」

ひっく、と、涙混じりに告げる。答えは期待していなかった。今しか言えない気がした。ただそれだけだった。頬に触れた手がぴくりと震え、合わせられた額とともにそっと離れていく。寂しかったけれど、それは仕方がないと諦める。

ちゃんと、伝えられた。それだけでよかった。

「どうして謝る？」

「……——？」

憮然《ぶぜん》とした声に、涙に濡れた顔を上げる。眉間に皺を刻んだ、見慣れた表情。ああ、高倉さんだ。そう思っていると、再び頬に手が当てられた。じっと見つめていた顔が近づいてくる。

「……――？」

困惑と驚きで、流れていた涙がぴたりと止まる。唇に触れた温かさ。軽い音とともに夕希の唇を啄んだそれは、すぐに離れていった。

「お前はいつも……少しは、俺に先に言わせろ」

溜息とともに告げられた言葉が理解できない。正確には、たった今高倉からされたことを理解することもできていなかった。

（今……の、は）

「謝らなくていい。俺も、同じだ」

「同じ、え？」

茫然と呟き、同じ、という言葉を繰り返す。ならば、でも、どうして。

「なんで……？」

子供のような問いに、目を見張った高倉がふっと笑みを零す。

「なんでだろうな。だが、好きになってた。それじゃあ駄目か」

問われ、ぎこちなく首を横に振る。

「本当に……？」

「本当だ」

　確かめるように呟いたそれに返ってきた、優しい答え。止まっていた涙が再び溢れ、今度は声を殺して泣いた。そっと頭を引き寄せられ、目尻に唇が押し当てられる。あやすように指先で頬を拭われ、けれど止めることができない涙が再び頬を濡らしていく。

「ごめ、なさ……っ」

　幼い声で謝る夕希に、高倉が小さく笑う。再び唇が重ねられ、深くなると同時にわずかに開いた隙間から舌が差し込まれた。引きつる呼吸を呑み込むように、小さな水音を立てながら夕希の舌を搦《から》め捕《と》る。

「ん……っ」

　息苦しさに小さな声を上げると、ゆっくりと口腔《こうこう》から舌が去っていく。だが離れがたくて、肩で息をしながら追いかけるように自ら高倉に唇を寄せる。そのまま夕希を落ち着かせるような優しいキスが繰り返された後、幾度目かでようやく口づけが解かれていく。互いの唇の間で糸が引き、飲み込みきれなかった唾液《だえき》が喉を伝って零れていた。

　親指の腹で濡れた唇を拭われ、高倉の優しい笑みが視界に入った。折角止めて貰った涙が再び溢れるのを感じながら、促されるままに高倉の肩口に顔を埋める。

「……よかった」

　耳元で微かに聞こえた溜息のような声に縋るように頷く。

西宮　夕希
B-F

そうして涙がおさまるまで、温かな掌がゆっくりと夕希の背中を撫でてくれていた。

さらに四日が過ぎ、検査結果も異常がなく、夕希は無事に退院することができた。

家で襲われ意識がなくなったことは、すぐに高倉からフランスの両親に伝えられた。だがなかなか航空券が手配できず、両親が日本に着いたのは夕希が目覚めた直後だった。泣きながら抱き締めてくれた母親と、安堵に胸を撫で下ろした父親の姿に、二人のことを覚えていられて本当によかったと心から思った。

記憶が戻ったことを告げて事情を話すと、両親は複雑そうな表情をしていた。だが戸籍や養子のことに関しては高倉がきちんと手続きをするため心配ないと請け負ってくれ、ほっとした様子も見せていた。

今後のこともあるが、夕希の検査結果が出て退院が決まった時点で両親にはフランスに戻って貰うよう頼んだ。夕希を心配した両親は仕事を中断してこのまま日本に戻ると言っていたが、自分のせいで仕事を放り出して欲しくはなかった。

結果、納得して仕事に戻ってくれることになったのは北上と高倉の説得のおかげだ。高倉が、両親が戻るまで自分の新居で夕希を預かると言ってくれたことも大きい。

さすがに人が隠れていたあの家に一人でいることは怖かったため、高倉の申し出には素直に甘えることにした。家を空けることは気になったが、休みの日には家の手入れのため連れてきてくれると約束してくれた。

『私がついていながらこんなことになり、本当に申し訳ありませんでした』

夕希の両親に会った時、高倉は開口一番そう言い深々と頭を下げた。元々は、夕希自身が言い出してやったことだ。違う、という夕希の言葉を制し、一言の言い訳もせずただ謝る高倉を、両親は責めなかった。息子を守ってくれてありがとう。そう言ったのだ。

その言葉を聞いた時、夕希は思わず泣いていた。両親からまだ『息子』と言って貰えるのだということが、ようやく実感できたのだ。

『誰かに自分のことで頭を下げさせたくないのなら、行動は慎重にしなさい』

ただ落ち着いた後、父親には厳しい声でそう諭《さと》された。学生という身分の間は、年長者に少なからず責任が発生するのだから、と。

そして退院した日の夜、北上と高倉を交えた五人で食事をし、翌日、両親は再びフランスへと旅立っていった。

「退院おめでとう、怪我はもういいの？」

「ありがとうございます。元々、打撲とか擦《す》り傷《きず》とかだけだったので。お医者さんには、上手く転がったなって笑われました」

両親の見送りをすませた後、高倉の新居に移動すると、その日の夜に北上と望が訪ねてきた。土産《みやげ》だとケーキの箱を手渡され目を輝かせた夕希に、二人分の苦笑と、一人分の不思議そうな視線が注がれた。

リビングの中央に置かれたソファテーブルに、皿に移したケーキを二つと全員分の紅茶を置く。そして北上と望が並んで座り、向かい側に高倉と夕希が座った。

高倉の新居は四ＬＤＫのマンションで、ＬＤＫの部分が繋がっているタイプだった。入った瞬間、広い、と思わず呟いてしまい、お前の家の方が広いだろうと笑われてしまったが、一階部分だけならこちらの方が広いんじゃないかと思うくらいのスペースがあった。

望と夕希がそれぞれケーキを口に運びながら話すのを、北上と高倉が黙って聞いている。

「防犯ブザー、貸してくださったのに、ちゃんと使えなくてすみません」

「ん？　そんなの別に……ああ、あれあげるから防犯用に持っててていいよ」

「え、でも、ないと困りませんか？」

「いっぱいあるから大丈夫」

胸を張った望に、威張ることじゃないだろうと北上が呆れたように言う。

「それで、事件の詳細は聞いた？」

さらりと聞いてきた北上に、うん、と頷く。入院中に水江が病室を訪れ、事情聴取を受けたのだ。本来、水江はそういったことはしない立場だそうだが、今回は夕希の状況に配慮してくれたらしい。何があったのかを、一通り話してくれた。

「あの人……加藤は、別の事件の容疑者として追われていたそうです」

二ヶ月ほど前、ある青年が繁華街のホテルで意識を失っているのが発見された。青年は急性薬物中毒で昏睡《こんすい》状態に陥っており、一緒にホテルに入ったとおぼしき男を捜していたそうだ。そして捜査の範囲を広げていった結果、少し前に、夕希の家の近所でそれらしき男が見つかったという報告があったのだという。

見つかった原因は、空き巣だった。どうやらその幾つかは加藤の犯行だったらしく、留守宅に忍び込み金を盗んでいたそうだ。その時に逃げる姿を見られ、通報されたのだという。

加藤は、元々は有名な証券会社で働いていたそうだ。将来を有望視され、エリートコースを邁進《まいしん》していたという。だがある仕事でインサイダー取引が明るみに出て、逮捕、懲戒解《ちょうかいか》雇《こ》となったそうだ。

服役後、職を失った加藤は闇金融などの仕事に手を染め、やがて暴力団とも関わりを持つようになったという。昏睡状態に陥っていた青年は元々男専門に売春をしており、加藤は男女問わず人の斡旋《あっせん》と称して組員相手に人を送り込んでいたそうだ。実入りのいい仕事があると欺《あざむ》き、組員に引き渡してしまえば仕事は終わり。一方、引き渡された方は逃げられないという最悪のパターンだ。人選も抜かりなく行われていたらしく、被害者は、身寄りがなく金に困っているという人間がほとんどだったと聞いた。

夕希は、その青年の代わりに連れて行かれようとしていたのだと、水江が話してくれた。背格好、年齢、そして特徴が似ていたことからちょうどいいと目をつけられたのだ、と。

加藤が夕希の存在を知ったのは、約二ヶ月前、ホテルでの事件後、逃げている最中のことだったそうだ。ちょうどその頃、両親とともにいる夕希を見つけ、昔付き合った女の子供だと確信したそうだ。夕希は覚えていないが、どうやら加藤がわざと落とした小銭を拾ったらしい。隙間に入ったそれを夕希に頼んで取らせ、袖を捲ったところにあった痣を確かめたのだという。

その後、夕希のあとをつけて家を突き止め身を隠した。ことの発端になった一番最初の出来事、公園で襲われかけたあれも加藤の仕業だったと知り、逃げられて本当によかったと胸を撫で下ろした。

今回の人の斡旋は、報酬が破格だったそうだ。若い男をいたぶり慰み者にするのが好きな政治家で、好みに合う人間を引き渡せば大金が手に入ったらしい。その好みに、当初予定していた青年より夕希の方がさらにぴったりだったのだという。

予定外の事件が起こったため、金が手に入ったらしばらくは日本を離れる予定だったと自供したそうだ。

幸い、昏睡状態だった青年はその後意識を取り戻したらしい。薬物は危険ドラッグで、加藤が持っていて酒に混ぜて飲まされたと話しているそうだ。夕希の件の他にも余罪が色々とあるらしく、洗い出して再逮捕となればしばらくは服役することになるだろうと聞いた。

家も知られているため出てきた後のことに心配は残るが、両親もその辺りは何か考えているようだった。

「加藤の証言と、後、高倉さんが調べてくれた結果で、俺の身元もはっきりわかりました」

結城《ゆうき》葉。それが夕希の本名だった。昔のことを思い出した今では、それが自分の名前だとわかる。年齢も、行方《ゆくえ》不明当時で十二歳だったため今は二十一歳ということになる。

そして、夕希の父親は加藤ではなかった。本当の父親は、夕希が小学校に入る前に病死しており、母親も夕希が記憶をなくした後に故人となっていた。加藤は、夕希の父親の同僚だったそうだ。

警察が調べてくれたのは夕希の身元までで、それから後の詳細は、なんと高倉が懇意にしている調査会社に頼んでくれていたらしくその結果を教えて貰ったのだ。夕希はパニックになり覚えていなかったが、以前、最初に加藤が家の庭に入ってきた時に、一度だけ『ヨウ』と呼ばれていたらしい。偶然高倉の耳に届いていたそれと、夕希が『ユウキ』という名前を自分で言ったと告げたことから、本名を推測して調べて貰っていたそうだ。

『俺が来る前の件と、花壇のこともあっただろう。不審なことが続けばお前が狙われていると考えるのが妥当だ。北上に知られたくなさそうだったから途中までは黙っていたが、昔の状況を一番知っているのはあいつだからな』

警察が家に来た時に北上に話したのは、調査のため昔の状況をより詳しく北上から聞き出すためだったらしい。西宮の両親が夕希を引き取った当初に、北上も調査してくれていたらしく、その頃の調査結果も併《あわ》せたことで事件直後に結果が出たそうだ。

『結局は間に合わなかったが。もう少し早く手を打ってやれなくて悪かった』

入院中に悔悟《かいご》とともにそう言われ、泣きながら必死に首を振ったのだ。

高倉は、最初に水江が来た時も、夕希が狙われている可能性を話し、家周辺の巡回を増やして欲しいと頼んでくれていたらしい。危険がないようにとずっと気遣われていたのに、自分のことで手一杯でそれに気づくことすらできなかった。

調査結果では、全ての始まりは父親の死後に判明した借金だったそうだ。

夕希の父親の死後、借金の取り立てのためヤクザまがいの人間が家を訪れた。父親が知り合いの連帯保証人になっていたそうだが、その相手が逃げたのだという。父親は不用意にそんな頼みを受ける人ではない。そう母親は訴えたが、書類がある以上どうしようもなく夜逃げをしたらしい。逃げる前にやりようは幾らでもあったはずだが、母親には他に身よりもなかったそうで相談できる人もいなかったのだろう。

今となってはわからないが、その時の金融会社は暴力団と通じており、書類も偽造だった可能性があるという。知り合いという相手が調査しても見つからなかったのと、過去に同様の被害で訴えられていたからだ。

その後、母親は身を隠しつつ、せめてもと夕希を小学校に通わせたそうだ。だが結局見つかり、再び転々とすることになった。夕希が学校に行かなくなったのはその頃からだ。

加藤が夕希の母親と付き合い始めたのは、加藤が出張先の店で母親を見つけたことがきっかけだったらしい。元々、夕希の母親は加藤達と同じ会社に勤めていたという。加藤は夕希の母親に一度結婚を申し込んだものの断られていた。そして、母親が選んだのは夕希の父親だった。夕希の父親は有能で人望も篤《あつ》く、同期ということで何かと比較されるため、加藤は入社当初から嫌っていたそうだ。

「嫌っていた、ねえ」

そう言った夕希の話に、望がそう呟く。見れば北上や高倉も同様の表情をしていた。

「嫌っていた――って言うより、憎んでたって言っていいかもしれないです。全部、父親のせいだって言ってましたし。だから、似ている俺に八つ当たりしてるって感じでした」

「顔が似てるって理由で夕希君に執着してたなら、可愛さ余って憎さ百倍って類《たぐい》な気がするけど」

そう言った望に首を傾げると、横合いから高倉に気にせず話を続けるよう促された。

夕希の母親と付き合い始めたのは、一度は奪われた相手を取り戻すことで、夕希の父親に優越感を抱くためだったのだろう。

母親と再会した頃の加藤はまだ仕事も順調で、弁護士を紹介し手続きすることで借金を整理し、一部肩代わりすることで返済することができたそうだ。

その後、事件が発覚し会社を懲戒解雇されたのが、夕希が記憶を失った直後。そこから加藤は、転落の一途を辿っていった。

『俺の人生が無茶苦茶になったのは、お前のせいだ』

そう言っていたあれは、母親の転落が原因だったのかもしれない。加藤は、母親と付き合うようになると同時に、会社役員にあたる人物の娘と結婚していたらしい。母親がそのことを知っていたのかはわからない。だが、事件とともに加藤は離婚したそうだ。

母親が階段から落ちた時に逃げ出したのは、浮気がばれてしまうことを恐れてだったのかもしれない。今考えれば、当時の加藤が夕希を引き取ることなどあり得なかっただろうが、事情を全く知らなかった自分は連れて行かれてしまうという恐怖心でいっぱいだった。

そしてあの時加藤が病院を訪れた理由は、ただ一つ、母親の容態を確かめるためだったのだろう。こちらは水江が調べてくれたのだが、母親の生命保険の受取人が加藤になっていたそうだ。

「まあ、なんというか。ありきたりなエリートの転落人生だね」

典型的すぎて面白くもなんともない。呆れたような望の言葉に、苦笑する。

「で、夕希君がお母さんを殺したかもっていうのは、勘違いだった？」

「はい、いえ……実際に階段からは落ちたんですが、その時は脳震盪《のうしんとう》で意識を失っていただけだったそうです。ただ、その後に、急性アルコール中毒で……」

母親を殺したかもしれない。そう思っていたのは、事実ではあったが真実ではなかった。夕希が行方不明になった後、母親は意識を取り戻し退院したそうだ。だが、それから数日後、酒の飲み過ぎで中毒症状を起こしそのまま亡くなったのだという。

加藤はそれを知っていたが、行方不明当時の状況から夕希は母親が生きていたことを知らないだろうと見当をつけ、脅すための材料にしたのだ。

母親の話を聞いた瞬間、悲しくはあったが、自分が殺してしまったわけではなかったという安堵の方がやはり大きかった。自分でも薄情だとは思うけれど。そう言った夕希に、一緒に話を聞いていた高倉は、そんなのは当然だと言い切ってくれた。

調査会社経由で手に入れた両親の写真を高倉が見せてくれたが、やはり記憶は薄ぼんやりとしていた。母親は見覚えがあったが、父親の方はよくわからなかった。ただ、あの時加藤が似ていると言っていたのはやはり父親のことだったのだろう。夕希は、完全に父親似だった。

「で、夕希君の手続き諸々《もろもろ》、宗延がやるって？　お前、今は企業専門じゃなかった？」

「手が回らなくて個人の依頼を受けていないだけだ。別に、できないわけじゃない」

再びケーキを食べながら、望が高倉に視線を向ける。話を聞きながら紅茶を飲んでいた高倉は、こともなげに答えた。

実のところ、以前事務所を訪れた際、高倉の請ける依頼は企業に関する仕事がほとんどだと聞いていたため、夕希も頼めないのだと思っていた。だが夕希が何かを言う前に、高倉は用意周到に依頼を請けられる準備をしていたのだ。

『元々高倉さん民事もやってたし、うちでも扱ってる人間はいるからね。所長も西宮君に会ったことあったから、だいぶ同情的だったし。最終的には、やれないなら事務所を辞めるの一言で解決』

楽しげにそう言ったのは、高倉の同僚の小島《こじま》だ。手続きのために事務所を訪れた際、高倉がいない隙に話してくれたのだ。もちろんその直後高倉にばれて、冷たい一言を投げかけられていたが。

「そっかー、じゃあ夕希君、卒業したらうちの会社に来ない？　あ、それか大学行きながらバイトとか。どうせ、うちの翻訳仕事やって貰ってるんだし」

いいアイデアだとばかりに身を乗り出してきた望に、突然何事かと目を丸くする。皿の上のケーキを片付け、箱の中から新しい物を取り出して、再びフォークを刺す。

「ええと……それの最終目的は？」

望が、単に夕希を人手として欲しがるとは思えなかった。これといった特技もなく、できるといえば翻訳か通訳くらいだ。

「語学力目当て？」

「困ってるようには見えませんが」

以前、北上からちゃんと他にもできる人間がいることは聞いている。忙しすぎて資料にまで手が回らないから、下請け状態で夕希に仕事を回しているのだと。苦笑した夕希に、望が楽しげに笑う。

「そっかー。いや、本当は別の目的もあったんだけど、今変わった。うん。卒業する時に他にやりたい仕事がなかったら、うちにおいで。頭のいい人間は大歓迎。人柄は夏樹の保証つき。ついでに宗延も引っ張ってきてくれたらさらに大歓迎」

本音は最後の部分だろう。下手につついてもやぶ蛇《へび》かと苦笑するに留める。そして別の部分に話をもっていった。

「俺、頭は別によくないと思いますよ」

「普通にいいと思うよ。夕希、お前あんまり考えてないみたいだけど、十年弱で小学生から高校生までの勉強全部こなした上でフランス語と英語マスターしてるんだぞ」

「そりゃ、他にすることがなかっただけだし」

笑いながらの北上の指摘に、多分、ここにいる夕希以外の人間全員、それをあっさりこなしそうな人ばっかりだという言葉は心の奥に仕舞っておく。

ぱくぱくとケーキを頬張っていると、そういえば、と望が高倉の方を向いた。

「夕希君の家にいた猫、結局、宗延が引き取るって？」

「ああ」

高倉の返事に、夕希の頬が自然に緩む。

そう、あの日の夜拾った猫は、最終的に高倉が飼ってくれることになったのだ。

実はあの日、高倉が病院に猫を連れて行った時に、偶然猫を知っている人物に出会ったらしい。夕希の家から病院を挟んで正反対の家で飼われていたそうだ。ただ、飼い主の老婦人が家で倒れ長期入院を余儀なくされていた。

夕希の目が覚めた後、高倉が飼い主の老婦人に会いに行き猫のことを伝えてくれた。だが婦人は退院後娘夫婦の家に行くことになっており、もし可能であればそのまま飼って貰えないかと頼まれたそうだ。病院に運ばれた後、知人に家の様子を見に行って貰ったが猫の姿が消えていた。ずっと心配していたが、無事でよかったと胸を撫で下ろしていたらしい。

そうして家で飼えない夕希に代わり、高倉が引き取ってくれたのだ。

この部屋はペットも大丈夫らしく、今は夕希が使わせて貰う部屋で寝ている。事件の夜、猫は二階で犯人を見つけ飛びかかったらしい。その時に腹を蹴《け》られており、夕希が入院している間は、治療のため近所の動物病院で入院させて貰っていたそうだ。幸い、後遺症もなく今は元気にしている。

あの時、夕希が外に行った直後に、猫は開いた窓の隙間から外に出たようだった。そしてそのまま表通りに出て鳴いていたところを、高倉が見つけたそうだ。

なんと高倉は望を送っていった後、張り込みをしていた水江の車に決して邪魔をしないという約束で居座っていたらしい。当然それが容易に受け入れられたわけではないことは、聞かなくてもわかる。男を実際に見ていることや家の鍵を所持していること、夕希を預かっている責任上駄目なら家に戻ると半ば脅したことで、水江の一存で渋々許されたそうだ。

しかし結果的に、高倉がいたことで猫が家の中から出てきたというそれで異変があったのだとわかり、夕希は助け出されたのだという。捜査員だけだったら猫の存在は無視され、そのまま連れ去られていたかもしれないと水江に頭を下げられた。

家の裏手、隣家の駐車場付近にも捜査員はいたそうだが、新人だったらしく、暗がりに停まっていた大型バンの陰に隠れるように立っていた男や夕希達の姿を完全に見落としていた。だが猫の存在にいち早く気づいた高倉が水江に異変を告げ、自ら駆け出していった。夕希を車に押し込もうとしていた加藤を殴《なぐ》って止めたのは高倉で、その後、急発進した車から夕希が飛び出してきたのだという。

夕希を車に連れ込み終わったら、隠れていた仲間が何気ない様子で駐車場に入ってきて大型バンを外に運び出すよう装う手筈《てはず》だったそうだ。逃げようとしていた不審な男が近くで逮捕された。家の中に加藤がいると知られていなければ、近隣の住人が駐車場から車を運び出すというそれは不審なものではない。そう思ってのことだったのだろう。

そして犯人達の車は、あれからすぐに包囲され捕まったらしい。

高倉は、本来なら公務執行妨害になりかねなかったが、今回は捜査協力者という形になり不問となったそうだ。

また事件後、退院した猫を引き取った時点で、高倉が自分の家で飼うと申し出てくれた。夕希としてはすでに猫と離れがたくなっていたため、諸手を挙げて喜んだ。高倉が飼ってくれれば、また会うことができる。それが嬉しかった。

そして意外なことに父親が動物アレルギー気味のわりに大の猫好きだったらしく、飼えないことを一番残念がっていた。高倉が飼うと知り、夕希に写真を撮って送ってくれと言い残してフランスに向かったほどだ。

「じゃあ、名前は？　決めたの？」

望に言われ、ケーキの欠片《かけら》を口の中に押し込みながら頷いた。本来なら高倉が決めるべきだと思ったが、夕希が決めろと言われ、僭越《せんえつ》ながら決めさせて貰った。

「シャムロック」

「へえ、なんでシャムロック？」

「……秘密です」

不思議そうに聞いてきた望に、小さく笑って答える。高倉はわかっているらしく、何も言わないまでも口端が微笑んでいた。

「あやしいなー。まあでも、よかったね。宗延が飼うならいつでも会えるし」

「はい」

笑顔で頷いた夕希は、自然な動作でケーキ箱からケーキを取り出す。その時になってようやく、望の顔が若干引きつった。

「……ええと、夕希君？」

「はい」

アップルパイにフォークを刺し、口に運ぶ。りんごのわずかに残ったしゃりしゃりとした感触と、ほどよい甘みに口元を綻ばせながら食べていると、再び望が声をかけてくる。

「それ、幾つ目？」

「三つ目ですよ」

答えると、すかさず望の隣にいた北上が口を挟んでくる。

「夕希、それが最後な」

「えー、今日くらい……」

「最後な」

念を押されるように言われ、渋々「はーい」と返事をする。隣に座る高倉は、すでに諦め気味に紅茶を飲んでいる。

「高倉、これだけは甘やかすなよ」

「わかってる」

そんな会話を交わす二人を恨めしげに見つつパイ生地をフォークに刺し頬張っていると、幾分げんなりした顔の望が口を開いた。

「三つは食べすぎじゃない？」

「え、普通ですよ？」

どこかで交わしたような会話だと思いながら即答すると、その瞬間、隣から押し殺した笑い声が聞こえてきた。

見れば、高倉がこちらに背を向けて肩を震わせながら笑っている。前にいる北上も同様で、俯いたまま口元を拳で押さえていた。

三人を順番に見遣り、ぶすりと最後の一欠片にフォークを突き刺す。それを一口で食べた夕希は、言い張るように拗《す》ねた口調で呟いた。

「普通だってば」


望達が帰った後、高倉に言われ風呂に入った夕希は、リビングのソファでぼんやりと天井を見上げていた。

隣では、夕希の家で使っていたタオルを下に敷いた猫――シャムロックが、ソファの上で

眠っている。先ほどまで夕希の部屋にいたが、望達が帰った後に起き出してきたのだ。場所が変わったのがわかるのか、しばらくは夕希の足下をうろうろとしていたが、ソファの一角に使い慣れたバスタオルを敷いてやると、安心したようにその上で丸くなって寝始めた。

病院で目が覚めて、高倉に気持ちを伝えて。あの日から、夕希の世界は一変していた。

夕希が目覚めるまでの二日間、高倉は仕事には行っていたが全く寝ていなかったそうだ。泣きじゃくる夕希が落ち着くのを待って医者を呼び、診察を受け、その頃高倉から連絡を受けた北上が慌てた様子で病院へとやってきた。その後、面会時間ぎりぎりまでいてくれたが、さすがに限界が近かったらしい高倉を北上が送ると言って帰っていった。

そして翌日、再び見舞いに来てくれた高倉の顔を見た時、夕希は本当の意味で安堵したのだ。全部覚えている。それを実感した。与えられた高倉の言葉が信じられず、全ては自分の都合のいい夢じゃないんだろうかと、そう、心のどこかで思っていたのだ。

幼い頃の記憶は、決して思い出して嬉しいものではなかった。

もちろん、昔のことのため鮮明ではなく、夕希の印象が大いに交じっているものだろう。だが母親が倒れた姿を見たあの時の恐怖感だけは、心の奥にこびりついている。

そして、幾ら加藤が怖かったからといって、母親を見捨てて逃げてしまった自分をどうしても許すことはできなかった。今更どうしようもないことだとはわかっているけれど、この罪悪感だけは一生消えることはないだろう。もし夕希が近くにいたら、その後、母親も死ぬことはなかったかもしれないのだ。

「一生分の運を、使い切っちゃったかも……」

ぽつりと呟く。高倉と出会えて、気持ちを通じ合わせることができた。そこに運を使うことができたのなら、それでもいいかと思う。

「一生分は言いすぎだろう」

ふっと笑い声がし、視線を移す。見れば、風呂上がりの姿で高倉が立っていた。下はズボンを穿《は》いているけれど、上半身は裸のまま肩にタオルをかけていた。見た瞬間、ぐわっと顔が赤くなるのがわかり即座に視線を逸らす。高倉とは逆側で寝ている猫の方を見ると、あああの、と声を上げた。

「風邪、風邪引きます！」

「エアコンを入れてあるから問題ない」

ふっと頭上に影が差し、髪を一房摘《つ》ままれ引っ張られる。促されるまま上を向けば、ソファの背もたれに手をつき身を屈めた高倉が唇を重ねてくる。

「……っ、……――ん」

深く重ねられた口づけは、思いを伝え合った日から人目を盗むように時折されていた。ゆったりと幾度も重ねられ、やがて唇を舌で辿られる。そっと唇を開けば、あわいから舌が差し入れられた。

二度目にこれをされた時は、動揺して変な声を出してしまった。そしてその直後、口づけを解いた高倉にこれまで見たこともないほど笑われてしまい、盛大に拗ねてしまったのだ。最初に病院でされた時は、ほとんど泣く方に意識をもっていかれていたためそれどころではなかった。だが冷静な時にされてしまうと、驚きの方が強かったのだ。

互いの舌を絡め合い、やがて上顎《うわあご》の裏を舌で辿られる。びくりと身体が震え、咄嗟に高倉の腕を摑んだ。息苦しくなるまで続けられるそれは、気持ちいいけれど、腰の辺りに熱が溜まりどうしようもなくなりそうで怖かった。

「ん、や……、もう……」

まずい、と思い身を捩る。だがいつもならそれで解放してくれるはずの高倉は、口づけをやめることがなかった。一度、わずかに離れはしたが、角度を変えて再び重ねられた。

「ふ、は……んっ」

待って、と高倉の腕を摑んだ指に力をこめる。けれど、口づけに意識をさらわれすぐに力が抜けていく。頭の芯《しん》がぼうっとしてくる。身体に力が入らず、上半身を完全にソファの背もたれに預けて口づけを受け入れた。

貪るような口づけは、幾度か角度を変えた後、ようやく終わりを告げた。解放された唇が熱く、腫《は》れているような気がした。飲み込みきれなかった唾液が喉元を伝っている。肩で息をしながら濡れた唇を手の甲で覆った。

「なん、で……」

息苦しさから涙が滲み視界がぼやける。高倉を見上げれば、間近で夕希の顔を覗き込みふっと笑った。

「そりゃあ、遠慮しなきゃいけない人間がいないからな。やっと手元に来た恋人を可愛がってるだけだ」

「……――恋、え、いやあの……――っ」

「なんだ、違うのか？」

違わないけれど、でもあの何か性格が違いませんか。焦りながら心の中で突っ込みを入れ、ううう、と視線をさ迷わせる。もぞもぞと落ち着かないまま、気づかれないようにそっとパジャマの上着の裾《すそ》を下に引く。ちらりと見上げれば、夕希の答えを待つように高倉がこちらをじっと見つめていた。わかっているくせに、と思いながら呟く。

「違、い……ません……」

消え入るように言ったそれに、よくできたとばかりに髪にキスが落とされる。赤くなったまま俯いた夕希に、じゃあ、と耳元で囁《ささや》いてきた。

「そろそろ、恋人らしいことをさせて貰っていいか？」

低く、甘く。

ぞくりと全身を駆け巡った期待に、夕希は俯いたままこくりと頷いた。

「ん、や……っ」

あえかな声が、寝室の中に頼りなく響く。ベッドの上で仰向《あおむ》けに転がされ、重なってきた高倉に口づけを与えられ続け、それだけで夕希の身体は完全に蕩《とろ》かされていた。脚の間には高倉の右膝が差し入れられ、完全に閉じることができない。その上、腰を重ねられており、夕希のものがすっかり硬くなっているのがダイレクトに相手に伝わってしまう。

いつの間にかパジャマの上は脱がされており、高倉の顔が喉元に下がっていく。けれど不自然にぴたりと動きが止まり、え、と視線を落とした。高倉の視線が、自身の鎖骨辺りに注がれていることがわかりはっとする。

「あ、あの……っ」

そこには、微かだが未だに加藤に襲われた時の嚙み跡が残っていた。血が滲むほどに嚙まれていたらしく、入院時、鏡の前に立った時に気がついたのだ。日数が経ちだいぶ薄くなってはいるが、見られたいものではなかった。

掌で隠そうとするが、その手を摑まれシーツの上に押しつけられる。

「隠さなくていい。……――嫌っていた、か」

独りごちた高倉の唇が鎖骨部分に当てられる。舌が傷跡の部分を辿り、その後、痛みを覚えるほどに強く吸われた。

「お前の身体に残した跡は、全部俺がつけたものだ」

そう言い、されるがままになっている夕希の肌に繰り返し口づけを落としていく。その度に肌を吸われ声を噛み殺した。徐々に下がっていった唇が、やがて辿り着いた胸先を含んだ時、堪えきれず身体が震える。

「や、あ……っ！」

片方を指先で摘まれ、もう片方を唇で吸われる。舌で押しつぶし歯を立てられてもたらされる刺激に、首を振って身悶《みもだ》えた。その間も空いた掌が、膝を立てさせ内股を撫で上げていく。

身体のあちこちを、舌と指で辿られる。じっくりと熾火《おきび》のような快感が身体を焦がしていく。そして下着とともにパジャマのズボンを引き抜かれた時、夕希のものはすでに張り詰めきっており、先走りで自身を濡らしていた。ひやりとした感覚からそれが見なくてもわかり、羞恥に思わず顔を隠す。

「うう……っ」

「隠すな。別に恥ずかしいことじゃない」

腕を取られ、顔を晒される。身体の位置をずらした高倉が再び上から顔を覗き込んできて宥めるようなキスを与えられた。

「ごめ……なさっ」

咄嗟に謝ったのは、高倉の姿を思い浮かべて自慰をしてしまったことを思い出してしまったからだ。それを知らない高倉は、どうして謝る、と促すように尋ねてくる。

「気持ち……悪く、ないですか？」

「お前、この状態で今更それを言うか？」

一人でした時の罪悪感を思い出し、恐る恐る尋ねる。だが返ってきたのは苦笑と、そして夕希の太股に押しつけられた硬く滾《たぎ》った熱だった。

「……――っ」

布越しでもわかる逞《たくま》しさに、こくりと息を呑む。ゆっくりと手を伸ばし、未だズボンを穿いたままの高倉のそこにそっと触れた。

「かた、い……」

「お前の身体を触っただけでこれだ。気持ち悪いも何もないだろう。お前は？」

逆に問い返され、全てを晒したこの状態で聞かれてもと眉を下げる。

「意地、悪い……です」

「変なことを言い出すからだ」

くくっと笑った高倉に、ふっと笑みが零れる。よかった。そう思い、心の隅に残っていた罪悪感が消えていくのがわかった。

加藤に触れられた時の気持ち悪さは今でも残っている。だが、高倉にこうして触れられていて、気持ち悪いと思うことは一ミリもない。ただひたすら、心地よいだけだ。

（よかった……）

こうすることは悪いことじゃないのだと、高倉の手が教えてくれる。身体に触れていた高倉の右手を、両手で包む。そっと引き寄せると、目を閉じて掌に口づけた。

この手が、自分の全てを救ってくれる。

「……――っ」

頭上から息を吞む音が微かに届く。両手に包んだ手を引かれ、つられるように瞼《まぶた》を開くと同時に、嚙みつくようなキスをされた。

「ん、んっ……――」

両手をベッドに押しつけられ、互いの腰を強く重ねたまま揺らされる。中心が布越しに高倉のものに擦られ、与えられる快感に無意識のうちに腰を浮かせていた。逃げたいのか、追いかけたいのかわからない。そんな感覚の中で、もっと強い快感を強請《ねだ》るように夕希の腰も揺れ始めた。

「ん、や、ああ……っ」

「……――っく」

口づけが解かれ、両手を押さえつけたまま一際強く腰を押しつけられた瞬間、夕希は堪えきれず放埒を迎えた。幾度か腰が揺れ、直後、ぐったりとベッドに沈むと、一度高倉の身体が離れていった。上がった息を整えようとしていると、再び逞しい身体が重なってくる。

「あ……」

下肢《かし》に触れた感覚で、高倉もまた下を脱いだことに気づく。直接肌が触れ、体温が伝わってくる。羞恥と安堵が同時に襲ってきて、無性にその身体にしがみつきたくなった。

「どうした？」

「……あったかい」

高倉の首に腕を回ししがみついた夕希の背を、高倉の腕が支えてくれる。仕方がないなと言いたげに笑った高倉が、そのまま横になって寝転がった。腰を引き寄せられ、ぴたりと身体がくっつくように抱き締められる。脚を絡められ、まだ解放されていない高倉の硬いものが当たるのが恥ずかしい。けれど離れがたくて高倉の肩に顔を埋めた。

「高倉さん、あの……」

たった一つ、ずっと気になっていて聞けなかったことがある。今聞くのは、多分どころではなく、絶対にマナー違反だろう。けれど、どうしてもこれ以上身体を重ねる前に聞いておきたかった。多分、今聞かなかったら聞けなくなってしまう。そんな気がした。

「ん？」

「うちに最初に来た頃、夏樹兄と話してること……聞いちゃったんです。すみません」

「北上と？　何をだ？」

突然謝り始めた夕希になんのことだと高倉が訝しげな声を出す。どうやら本当に覚えていないらしい。

「夏樹兄が、俺のこと、誰かに似てるから放っておけないのかって……そう。あれって、望さんのことですか？」

「……――」

思い切って言ったそれに返ってきたのは、沈黙だった。やはり図星だったのだろうか。そう思い恐る恐る顔を上げてみると、高倉が、頭が痛いと言ったような表情で顔をしかめていた。

「高倉さん？」

「そんなことを言ってた気もするな……それは、違う。あいつが言ってたのは、望じゃなくて俺自身のことだ」

「え？」

高倉自身、とはどういうことだろうか。どう見ても、高倉と夕希は似ていないが。首を傾げたそれに、高倉は夕希の後ろ頭に手を回して再び自分の肩に埋めさせた。こんな時にする話でもないが、と苦笑交じりに教えてくれた。

「俺も養子でな。両親は生きてはいるが、育ててくれたのは父方の親戚《しんせき》だ。唯一付き合いがあったその人が、死にかけてた俺を引き取ってくれた」

「死にかけてた……？」

「いわゆる育児放棄だな。食う物がない状態で放置されて、見つかった時は栄養失調で危険な状態だった」

「……――っ」

あまりの事実に絶句した夕希の背を、高倉が昔のことだと笑いながら撫でてくれる。そう笑って言えるだけの時間と葛藤《かっとう》を、この人は乗り越えてきたのだ。それを勘違いして勝手に落ち込んでしまった自分の情けなさと、高倉の抱えた過去のあまりの重さに目眩《めまい》がした。

「ごめんなさい、俺……」

「お前は別に、何もしてやしないんだ。そんな顔をする必要もない」

逆に慰められてしまい、落ち込みながら高倉にしがみつく。そんな夕希の背をあやすように叩きながら、高倉が話を続けた。

その後、両親から親権は剝奪《はくだつ》され、高倉はその家の養子となった。そしてその家と付き合いがあったのが、望の家だったという。

「今の親父《おやじ》の会社が一時期やばくて、その時に援助してくれたのが雪柳の家だ。だから、あいつの家は俺にとっては恩人だ。まあ、その時の借金も返済はすんでいるが」

望は、弟みたいなものだ。高倉は、あっさりとそう言った。

「基本的に、俺には他人に対する興味や思いやりってのが抜けてるんだ」

そう呟いた声には、微かな自嘲《じちょう》が交じっていた。

「高倉の両親や望、北上は、色々助けて貰った恩もあるから困っていれば助けてやりたいと思う。だが、それ以外は、どうでもよかった。何をされても、何をしていても、別段気にもならなかったしな」

他人が何をどうしていようと、自分には関係ない。仕事は仕事として対応するが、それ以上でもそれ以下でもない。淡々と告げるそれは、本心なのだろう。ずきりと胸が痛み、身体をすり寄せる。

「だが、どうしてか、お前を最初に見た時は苛々したんだ」

「……俺、最初は、高倉さんに嫌われてるって思ってました」

やはり、とそう思う。こちらに伝わってきた感情は、間違いじゃなかった。

どうしてか、昔から夕希はなんとなく人の感情が雰囲気でわかった。顔は笑っていてもつまらなそうにしている。大丈夫と言いながら、不機嫌になっている。そういうものが雰囲気や気配で伝わってくるのだ。明確にわかるわけではないから、なんとなくという程度のものだが。

高倉に対してはかなり自信がなかったのだが、やはり最初の感覚は当たっていたらしい。

「隠してはいたつもりだったんだがな」

苦笑する高倉に、小さく頷く。確かに普通に見たら全くそんな気配はなかったのだ。

「理由は後でわかった。なんのことはない、お前が、俺のガキの頃にそっくりな目をしてたからだ」

「目？」

「いつ、自分のいる場所がなくなるかわからない。そういう目だ」

「……っ」

確かに、そうだ。夕希はいつもどこかで恐れていた。安住の地が一瞬で消えてしまわないか。全てを思い出した時にあるものが、決して幸せとは限らない。だからこそ、今ある幸せにしがみつきたかった。

「けど、お前は俺よりずっと強い」

「……高倉さん？」

いつなくすかわからないものなら、期待することはやめよう。いつかそうなった時に、一人で生きていけるだけの力をつける。高倉が目指したのはそこだった。そのため必死に勉強し、学費を自ら賄《まかな》うため在学中から弁護士事務所でアルバイトをし、卒業後すぐに弁護士になった。それまで育ててくれた両親には感謝しているが、いつ放り出されてもおかしくないという気持ちは常にあったそうだ。

一方で、夕希は人の中で生きていこうとした。溶け込もうと必死だった。そして何かあった時、躊躇わず人に助けを求めることができる。

「諦めることより、期待し続けることの方がずっと難しい。それをお前は、やってのけた」

「それは、でも……」

両親や、北上、高倉がいてくれたからだ。自分の力ではない。そう言った夕希に、伸ばされた手を取ることを選んだのはお前だと小さく笑う。

「いつの間にか、目が離せなくなってた。不安定なくせに無理矢理自分で立とうとするから放っておけなくて……。時々楽しそうに笑うお前を見て、もっとそうやって笑わせてやりたいと思ったんだ」

そんなふうに、誰かのことを思ったのは初めてだった。そう告げた高倉に、夕希の胸は引き絞られるような痛みを覚えた。

「俺も、高倉さんに……笑って欲しいです」

「夕希?」

高倉の頬にそっと手を当てる。

「優しい顔で、笑ってくれたから。俺は、殺されるかもしれないと思った時も絶対に諦めないと思えたんです。俺も、高倉さんが笑ってくれたら嬉し……っん」

言葉は、口づけに封じられた。腰を引き寄せられ、少しの隙間もないように身体を重ねられる。高倉の背に腕を回し、夕希も自ら舌を差し出した。

再び、熱が身体に戻る。脚を絡ませ合い、重なった腰のものが熱くなる。やがて、唇を外した高倉が、互いの身体の間に少しだけ隙間を開けた。

高倉の首に回した腕を解かれ、右腕を取られて四葉の痣に口づけられた。あの日、加藤と対峙《たいじ》する前にも同じようにされたことを思い出し、どきどきと胸が高鳴る。

「ここまで誰かを欲しいと思ったのは初めてでな。悪いが、加減は期待するな。お前が嫌になって逃げようとしても、縛りつけておく程度にはしつこいからな」

間近から睨むように告げられ、その言葉が本気だと教えられる。視線の強さに息すらできないほどに気圧《けお》され、喘《あえ》ぐようにかぶりを振った。

「逃げ、ない……です。絶対」

折角取って貰えたこの手を離すことなど、今の夕希には想像すらできない。嬉しさか、息苦しさからか。じわりと滲んだ涙を、高倉が指先で拭う。

やがて二人のものを重ねて握り、耳元に唇を押しつけられる。

「俺も、いかせてくれ」

息を吹き込むように囁かれ、背筋にぞくりと震えが這《は》い上がる。合わせたものを強く擦られ、けれどすぐに夕希は高倉の手を押し留めた。

「夕希？」

「……あ、の。ええと、俺、やり方とかよくわからないけど……ちゃんと、するやり方が……あるんですよね？」

多分、男同士とはいえこれだけではないはずだ。そう思い切って告げれば、高倉が虚を突かれたような表情を見せた。やがて、ふっと、優しく笑う。

「ありがとう」

そうして軽く口づけられ、けど、と続けられる。

「まあ、まだ無理だろうな」

「え？」

ふと、互いのものを握っていた手を外し、夕希の腰を引き寄せる。後ろに回した手で、夕希の尻を開いた。

「……っ！」

「ここに、俺のこれを入れられるようになるまで……――少し慣らさないとな」

ぐるりと指先で蕾《つぼみ》を辿られ、身体が震える。夕希の中心には、隆々とした高倉のものが押しつけられている。夕希のものより数段逞しいそれは、本当に入るのだろうかと思えるほどだ。

でも、それでも。

「……いつか、ちゃんと……――して、くれますか？」

羞恥を堪えそう言うと、高倉が一瞬無言になる。ああ、と答えた後、夕希の身体を離して上半身を起こした。

今日はまだ、早すぎるかと思ったんだが。ぶつぶつと言いながら、まあいいか、と何やら不穏な言葉が聞こえてくる。

「高倉さん？」

「まだ入れられはしないが……折角なら、他の方法でやらせて貰っていいか？」

身体を引き起こされ、額を合わせてそう問われる。何をするのだろうと思いながら、よく考えずに頷いた夕希の額に唇が押し当てられた。

「お前、今絶対に、何も考えなかっただろう」

笑い含みの高倉の声の理由がわかったのは、その数分後だった。


「や、あ……も、駄目……だめ……っ」

背後から覆い被《かぶ》さっている高倉に、声を上げて訴える。だが、その声に動きを止めることなく、高倉は小さく笑いながら囁いた。

「やめていいのか？　……ほら、もう少し脚締められるか？」

唆《そそのか》すような声に、思わず脚を締めつける。内股の間に広がる、ぬるりとした感触。そして背後から突き入れられている高倉のもの。二人のものが重なり、勃起したものの裏側を高倉の先端が擦っていく度に、言い様のない快感に襲われた。

「や、あ……っ」

何度も腰を突き入れられ、水音が響く。塗り込められたローションか、自身が零した先走りか、それすらもわからないほど脚の間はしとどに濡れていた。

まだ入れられはしないだろうからと、四つん這いの体勢を取らされ脚を締めさせられた。そして背後から覆い被さってきた高倉が、自身のものを夕希の脚の間に突き入れたのだ。まるで後ろに挿入しているような擬似的な動きに、頭の中が煮えそうになった。そしてまた、内股の敏感な部分と中心を同時に擦られるため、一層強い快感が身体中を駆け巡る。

片方の手が腰を摑み、前に回された方の手が夕希の先端を弄《いじ》っている。徐々に身体を支えた腕から力が抜けていき、枕に顔を埋めて喘ぐ声を吸い込ませた。

「声、我慢するな」

そう言われ、けれど恥ずかしいと必死に首を横に振る。

「あ、そこ、やぁ！」

腰を摑んでいた手がするりと上がり、胸を弄り始める。赤く立ち上がったそこを指先で抓《つね》るように摘まれ、痛みがそのまま快感へとすり替わった。次いで指の腹で押しつぶされるように捏《こ》ねられ、感覚を逃すことができずに腰が揺れてしまう。

ぎゅっと脚に力が入り突き入れられているそこが狭まったせいか、高倉のものが大きさを増した気がした。鋭敏な場所を同時に弄られ、全身にうねる快感に、逃げ場のないところへと追い詰められているような恐怖すら感じる。

「熱……あ、あ……っ」

やがてシーツを握った手の上に高倉の手が重なる。指を絡めるようにして握り、抽挿が激しくなる。夕希の身体で達しようとしている。そう感じた瞬間、心に反応するように身体もまた追い上げられていく。

「ん、ん……っ、あ、あ、高倉さん……っ」

次第に激しくなっていく動きに、夕希の腰が揺れる。既に、自分がどういった状態になっているかはわかっていなかった。ただ、耳元で聞こえてくる高倉の荒い息づかいにすら快感を覚えてしまうほど、全身で高倉の存在を感じていた。

「だめ、も……、や、高倉さん、あ、あ……っ」

次第に切羽詰《せっぱ》まった声を上げる夕希に、高倉が一層強く腰を押し込んでくる。

「夕希……っ」

「あ、や、あああ……――っ！」

耳元に唇を寄せられ、荒い息に交じって名前を呼ばれた瞬間、夕希は堪えていたものを一気に解放した。腰が震え、達した衝撃で脚が締まると同時に、腹部に熱いものがかかる。その感覚にまた震え、声を上げた。

「ん……っ」

ずるりと脚の間から高倉のものが引き抜かれ、ベッドに倒れ込む。ずっと力を入れていた脚は強張っており、力の抜き方がわからなくなっていた。

太股をゆっくりと掌でさすりながら、高倉が覆い被さってくる。

「触るの……嫌……」

優しく撫でられるだけでも、感覚が鋭くなった今は辛い。そう思い身じろぐが、高倉は一向に手を止めようとしなかった。

「ありがとな」

ちゅ、と軽く唇にキスをされ、ふっと身体から力が抜ける。

「高倉さんも……気持ち、よかったですか？」

そう問えば、ああ、と優しい——そして、どこか獰猛《どうもう》な笑みが返ってきた。

「お前は多分、少し黙ってた方がいいかもしれないな」

「え、待って……や、何……っ」

再び仰向けられ、脚を広げられる。濡れた腹部を掌で撫でられ、そのまま夕希の中心を握られた。くちゅくちゅと擦られ、達したばかりの身体に再び熱が点《とも》されていく。

「最後までできない分、今日はゆっくり可愛がってやろうか」

「え、まだ……あ、も……やだ……っ」

そして再び快楽の波にさらわれた夕希は、幾度放埒を迎えたかもわからなくなった頃、高倉の腕の中で墜落するように眠りに落ちていったのだった。

羞恥で叫び出したくなる。そんな気分を初めて味わいながら、夕希は寝室の扉の前に立ち尽くしていた。

太股にかかる長さのシャツは見覚えがなく、持ち主の心当たりは一人しかない。その上身につけているものはそれだけで、心許《こころもと》ないにもほどがある。幾度か折り返した袖から伸びた手でドアノブを摑んでは外す動作を、無意味に繰り返す。

（おはようございます、だよな）

扉を開けて、まず最初に何を言うか。それを頭の中でシミュレーションしつつ、深呼吸をする。

「よし」

勢いをつけてカチャリと扉をわずかに開く。だが、その瞬間生じた躊躇いにぴたりと手が止まった。

（やっぱりもうちょっと……）

心の準備をする時間が必要だ。そう思いながら、再び扉を閉めようとした、その時。

「何をしてる。目が覚めたなら起きてこい」

「わっ！」

扉が大きく開き、呆れたような声が頭上から落ちてくる。そろそろと見上げれば、そこには今現在一番顔を合わせづらい人物――高倉が、声同様の表情で立っていた。

「お、はよう……ございます」

「おはよう。脚は平気か？」

「……っ！」

思い出したくないことを直球で聞かれ、顔が一気に熱くなる。無言で首を横に振って、思わず目の前の扉を閉めようとした。だが、開いた扉は高倉の手で固定されびくともしない。

「ならいい。朝飯、食べるぞ」

「あ、はい。服……ありがとうございました。着替えてきます」

「別にそのままでいいだろう」

言いながら、扉を押さえていた高倉の手が下に向かう。

「ひゃ！」

太股にかかる裾を捲り上げられ、腰を撫でられる。下には何も穿いていないため、素肌が触れる感触に思わず声を上げた。

「こ、んな格好……で、ご飯は無理です」

「そうか？」

うわずる声に平然とした答えが返ってきて、やがて背中から尻に向けて下りていった手を摑んで止めた。それでなくとも昨夜のことが鮮明に記憶にあるのだ。再び触られたら自分がどうなってしまうかがわからなかった。

「ご、ごご、ご飯！　食べたいです！」

慌てて高倉の手を外して目の前で握ると、くくっと楽しげな笑い声が降ってくる。握っていた手が外され、ぽんと頭の上に乗せられると、そのまま寝起きの髪を梳《す》かれた。

「顔洗ってこい」

目を細めてそう告げた高倉が、キッチンの方へと戻っていく。この家に来てから随分甘やかされている自覚はある。出会った頃の無愛想《ぶあいそう》な表情は見る影もなく、家にいる間、高倉はよくああやって甘い表情を見せてくれた。

それはもちろん嬉しい。嬉しいが、毎回慣れることなくどきどきしてしまう夕希の心臓はいつまで保つのだろうと心配になってしまう。二人で家にいると、落ち着く暇が全くない。

情事の気配を断ち切るように急いで寝室を出て、借りている部屋へと入る。着替えようとして、昨夜あれだけのことをしたのに、全く気持ち悪さがないことにはたと気がついた。

(拭いてくれた、のかな)

そう思った瞬間、温かなお湯の感触が肌に蘇り、声を詰まらせる。ぼんやりとした意識の中で、二人で湯船に入ったような……。

「やめ、やめやめ！」

これ以上思い出したら、本格的に部屋から出られなくなってしまう。首を横に振って勢いよくシャツを脱ぎ、普段着に着替える。借りていたシャツを持って洗面所へ行き洗濯機の中に入れると、急いで顔を洗い身支度《みじたく》を整えた。

「あ……」

ダイニングに行くと、テーブルの上には美味《おい》しそうな朝食が並んでいた。炊きたてのご飯に、湯豆腐《ゆどうふ》、大根おろしを添えた卵焼き。納豆。鯖《さば》の塩焼き。純和食の朝食は、作るのが苦手な夕希のために高倉がいつも作ってくれるものだ。

「ありがとうございます、美味しそう」

席に着き、足下に柔らかな感触がすり寄ってくるのに小さく笑った。

「おはよう、シャムロック。お前、ご飯は食べたんだろう。甘えても駄目だよ」

それに答える声はどこか不満げで、くすくすと笑う。その様子を向かい側に座った高倉が優しげに見守っているとも知らず、いただきます、と箸《はし》を手に取った。温かなご飯を食べつつ、高倉に今日の予定を聞く。土曜日は仕事が入っていることが多いが、今日は休みらしい。どこか行きたいところはあるかと聞かれ、それには首を横に振った。

折角の休みなのだ。ゆっくりして欲しいし、夕希も人混みの中に出かけるよりは高倉と二人でのんびりとしたかった。

食べ終わった後、皿を片付けてしまい、リビングのソファに移動してコーヒーを飲む。三人掛けのそこに並んで座ったところで、ふとあることを思い出した。

「そういえば、カメラの修理って電気屋さんに持っていけばやって貰えるでしょうか」

「カメラ？」

思い出したそれに、高倉が眉を顰める。

「はい。退院した後くらいから、インスタントカメラの調子が悪くて。昨日、撮れなくなったんです。もう古いから、いつ壊れてもおかしくなかったんですけど」

思い出の多いものだから、直せるなら直して使い続けたい。そう思った夕希に、高倉がそうだなと頷く。

「電気屋はどうかわからないが、そのままメーカーに出して貰えば、なんとかなるかもしれない」

「そっか。そうですね！」

「後で行ってみるか」

さらりと言われたそれに、え、と目を見張る。

「でも。高倉さん、久しぶりのお休みですよね。今度一人で行ってきます」

「そのまま出かけて美味《うま》いものでも食べて帰ればいい。気になることは先に片付けておけ」

ちらりと、テーブルの隅に視線が流れる。つられるように見れば、そこには昨夜整理しようと置いておいた写真とカメラがそのままになっていた。

「あ！　すみません、片付けないままで」

「いつもあれくらい撮っていたのか？」

「昔は毎日撮っていましたけど、ここ最近は時々でした。でも、高倉さんが来てから枚数も増えていて。色々……――残しておきたかったから」

一緒の時間を、少しでも多く。気がつけば枚数が増えていたそれを高倉にも見て貰おうと思って、部屋から持ってきてあそこに置いていたのだ。

「さっき見せて貰った。いつの間にか随分撮っていたな」

くすりと笑った高倉に、そうなんです、と幾分照れながら頷く。シャムロックの相手をする高倉の姿など、毎回断って撮っていたが、途中からいちいち言わなくてもいいと言われ、好き勝手に撮らせて貰っていたのだ。おかげで、自分が思っていた以上に高倉の写真が増えてしまっていた。

「絶対、忘れたくなかったんです。いっぱい撮っておけば、万が一の時に、それだけ大事だったんだってわかるかと思って」

コーヒーカップを両手で包んだまま俯き早口で告げたそれに、視界に映った高倉の手が止まる。持っていたカップを置く音に続き、なぜか溜息が聞こえてきた。

（何か変なこと言ったかな）

持っていたカップを取られ、肩に腕が回される。引き寄せられるままに高倉の胸に顔を預けると、触れる体温にほっと息をついた。

「今だから言うが。お前の目が覚めなかった時、万が一のことを想定しなかったわけじゃない」

耳元で呟かれた声に、小さく震える。それはそうだろう。目覚めた時の、ずっと抱えていた重荷を下ろしたかのような安堵と心許なさを思い出し、胸が痛くなる。

今も、全く不安がないわけではない。いつ、なんのきっかけで忘れてしまうか。大丈夫だと思っていても、常にその可能性は頭の隅にこびりついて離れなかった。

不安から目を逸らすように、温かな胸にすり寄る。抱いていた肩を強く引き寄せられ、だが、という声が身体から直接伝わってきた。

「だからといって諦める気はなかった。あの頃はもう、忘れられたからといって簡単に手放せる状態じゃなかったからな。もしもの時は、最初からやり直そうと思っていた」

「高倉さん……」

驚いて見上げると、口づけが落ちてくる。泣きたくなるような胸の痛みを感じながら、優しい感触を求めるように唇を開く。

「ん……っ」

唇を柔らかく吸われ、甘やかすように舌を搦め捕られる。息を継ぎながら与えられるそれに、小さく喉声を上げながら応えた。大丈夫。言葉にはしていなくてもそう伝えてくれるようで、いつの間にか強張っていた肩から力が抜けていく。

「ふ、は……っ」

小さな音とともに唇が離れると、濡れたそこを舌で舐められる。いつの間にか頬を伝って流れていた涙を、親指の腹で拭われた。

「今度写真を撮る時は、お前のことも撮ってやる。人のことばかりで、自分の分はほとんどないだろう」

「あ……」

苦笑しながらの指摘に、そういえば、と思い至る。記録のために撮っていたそれの中に、自分が写っているものはほとんどない。両親や北上が撮ってくれたものはあるが、高倉と一緒の写真は一枚もなかった。

「なら、高倉さんと一緒がいいです。二人だけで……」

そう告げた瞬間、ソファから軽い振動が伝わってくる。夕希の膝の上に温かな体温が乗り、抗議するような鳴き声が聞こえてきた。

二人で同時に下を見ると、案の定、そこにはシャムロックが丸くなっている。

「……っ、ごめん、シャムロック。お前も一緒にな」

思わず吹き出しながら、高倉から離れ、柔らかな毛並みを撫でる。高倉も、やれやれと言いたげに夕希の身体から手を離し、シャムロックの頭を軽く押さえるように撫でた。

「昨夜閉め出された腹いせか……ったく」

ぼやくような高倉の声に答えを返すようなタイミングで再び鳴き声がし、ますます笑いが止まらなくなってしまう。

心から安心できる場所。その幸せを噛みしめるように、夕希は傍にいてくれる二つの存在に、温かな気持ちのまま微笑んだ。

蜜色の時を刻んで

窓の外には、快晴というにふさわしい空が広がっていた。

腰《こし》の辺りから天井まで高く取られた窓からは、雲一つない青さが目に痛いほどよく見渡せる。高層ビルの最上階近くにあるこの場所から見える景色は、同じほどの高さのビル以外の遮蔽物《しゃへいぶつ》がない。それらのビルとも距離があるため、結果、空がとても綺麗《きれい》に見渡せるのだ。

そしてその澄んだ色とは裏腹に、眉間《みけん》に皺《しわ》を刻んだ高倉宗延《たかくらむねのぶ》は重々しい溜息《ためいき》をついた。

「全く……」

諦め気味の呟《つぶや》きが、誰に聞かれることもなく消えていく。聞かせるべき相手は、今電話中だ。部屋に通され、待っていてくれと言われてから、かれこれ五分が過ぎようとしている。

ここは昔馴染《なじ》みである青年、雪柳望《ゆきやなぎのぞむ》がオーナー兼社長を務める派遣会社の一室だ。オフィスは計三階分。今高倉がいる部屋と、調査室で一フロア。スタッフや各部署で二フロア使用している。このビル自体が望の持ちビルで、他の階は別のテナントに貸している。さらにこの階だけは特殊な作りで、専用エレベーターが別に備えつけられており、認証登録された人間しか入ることができない。

派遣会社と言っても、業務内容は多少変わっている。もう一つ別の場所に支社があり、そちらはＩＴ系をメインに一般的な労働者派遣事業を行っているのだが、この本社では、顧客を限定した富裕層向けの多業種派遣を行っていた。登録しているスタッフも、どこから集めたのかそれぞれの業界で一流と呼ばれる人間に勝るとも劣らない人材ばかりだ。

高倉も初めて入ったこの部屋は、執務机が三つ入っているだけの小さなものだ。この会社の役員室、とでも言えばいいだろうか。今のところ、社長である望と副社長の北上《きたがみ》が使っているだけだ。もう一つは秘書用だが、現在使われていないらしい。

小さな部屋といっても、それはあくまで他の社員が使っているオフィスと比べて、だ。三人だけが使うにしては十分に広い。機能重視の近代的な机に、座り心地のよさそうなメッシュタイプの背もたれの椅子《いす》。大きさやタイプは違うものの、この会社の——少なくともこのビルにあるオフィスでそれらは共通のものだという。

一方で応接用のスペースのソファは、ややレトロ感のある、だが座り心地のいいものが置かれている。焦げ茶の木製アームの曲線も柔らかで、クッションも適度な固さがある。また、カバーの濃い緑が落ち着いた雰囲気を醸し出していた。

重厚さよりは、機能性の中に洒脱《しゃだつ》さが交ざり合った部屋といった方が印象としては近い。昔ながらの会社の役員室といった雰囲気とは完全に異質だ。

この部屋の主である望は、まだ二十三歳の青年だ。二十歳《はたち》の頃に祖父から遺産の一部を生前贈与され、この会社を立ち上げた。大学を卒業するまでは、現副社長である北上夏樹《なつき》に社長を兼任させほぼ任せる形となっていたが、実質的な決定権は望が持っていた。社長を名乗らなかったのは、軌道に乗るまでは、対外的に学生よりも北上の方が都合いいからというそれだけのことだった。

こと経営に関しては、大企業のトップである祖父や父親の血を継いでいるらしく、独特の嗅覚《きゅうかく》と判断力を持っている。綿密に計画を立てる方ではないが、ここぞというタイミングは絶対に外さないのだ。

本社側の登録スタッフについても、雪柳の先代——望の祖父が無駄に広い人脈を持っていたらしく、遺産と一緒に人脈も紹介されたのだと望本人はのんきに笑っていた。ただ、それを活用できると思ったからこそ、望の祖父は望にそれらを託したのだろうと思っている。

幼い頃から知っている弟のような存在であり、また、望の父親には恩もある。頼られれば力になるのに否やはないが弁護士としての職務となるといささか面倒な相手ではあった。今現在の溜息は、まさにそれゆえだ。

「失礼します。望さん、チーフから……あ」

コンコン、と軽いノックの音が響き、扉が開く。顔を覗《のぞ》かせたのは柔らかな雰囲気の青年——西宮夕希《にしみやゆうき》だった。目が合うと同時に、夕希の顔にふわりと嬉《うれ》しそうな笑みが広がった。ごく自然に浮かんだ笑顔だとわかるそれに、高倉も微笑《ほほえ》む。

百七十に少し届かない身長と、あまり筋肉がつかないらしい華奢《きゃしゃ》な体躯《たいく》。茶色い髪は手触りも柔らかく、また日本人にしてはいささか薄い同系色の瞳は、光の加減で時折緑交じりに見えることもある。真《ま》っ直《す》ぐにこちらを見る吸い込まれそうな瞳は、高倉が最も気に入っている部分でもあった。

全体的に大人しい雰囲気で、性格もその通り穏やかではあるが、芯《しん》の強さを併せ持ってもいる青年。数ヶ月前に出会った——高倉の、恋人でもある。

「高倉さん！　お仕事ですか？」

腕に書類を抱えた夕希が、嬉しそうに近づいてくる。入ってくる際、ちらりと望が電話中だということを確かめており、声は控えめだ。抱えた書類も仕事に関するものなのだろう。きちんとこちらからは見えないように胸に押し当てている。これまで大勢の人と関わりを持たない生活を送っていたため積極性には欠けるものの、細かい気配りに関しては文句のつけようがなかった。

「ああ、望に呼びつけられてな。夕希はバイトか？　大学は」

「今日は、午後の最後の講義が休講になったので早めに来たんです。今忙しそうで、手が空いている時はできるだけ来て欲しいって言われているので」

「そうか。無理はするなよ」

くしゃりと髪を撫《な》でると、くすぐったそうに笑う。最初に出会った頃に見た判で押したような愛想笑《あいそわら》いも、最近では見ることは少なくなった。全くないと言えないのは、調子が悪いのを隠すためにすぐに笑おうとするからだ。

二ヶ月ほど前に大学に入学した夕希は、それから少ししてここでアルバイトを始めた。望に誘われたのと、夕希自身アルバイトをしてみたいという希望が合致した結果だ。ここならば夕希にとって兄のような存在である北上夏樹もいるため、心強いというのもあったのだろう。

ただ、これまでほとんど集団の中にいた経験がないため、突如変わった生活環境にいささか疲れているふうでもあった。夕希の頰《ほお》に手を当て、目の下に薄く浮いたクマを親指でそっとなぞる。

「ちゃんと寝てるのか？」

「はい。えっと……昨夜は、課題が終わらなくてちょっと夜更《よふ》かししたので」

あはは、と心配をかけまいと笑う夕希の頰を掌《てのひら》でなぞり、指先で耳朶《じだ》をくすぐる。途端にかあっと頰が赤くなり、恥ずかしそうに俯《うつむ》いてしまう。

「あ、あの。高倉さん……っ」

「ん？」

「は、はな、離して……くだ、さい」

舌を嚙《か》みそうになりながら高倉の手から逃れようとするものの、自分から手の届かない距離に行くことはしない。嬉しいが恥ずかしい、というところだろう。ふっと微笑みながらさらに首筋を指先でなぞろうとした、その時。

「あーのさー。いちゃつくなら外行ってやってよ。うっとうしい」

うんざりとした声に、夕希の肩がびくりと跳ねる。慌てて高倉から距離を取り、声の主の方へと振り返る。そこには、声同様の胸焼けでもしたような望の顔があった。どうやら電話は終わったらしい。

「の、ののの、望さん！　あの、これ、チーフから！」

完全にどもりながら、夕希が持っていた書類を望の机の上に置く。

「ん、ありがと。でさあ、夕希。望って呼べって何回言ったら……」

「無理です。雇い主を呼び捨てにはできません。年上ですし」

「めんどくさいなあ。堅苦しいの嫌いなんだって。ったく、業務命令にしようかな」

投げやりにぶつぶつと言う望に、既に何回もしているやりとりらしく夕希は静かに苦笑するだけだった。最初は『夕希君』と呼んでいた望も、どうやら気を許してきたらしく、いつの間にか呼び捨てになっている。ただ望の場合、気を許し始めると対応がどんどん大雑把になっていくので、最初は夕希も驚いていたようだった。

「さて、お待たせ宗延。忙しいだろうし、さっさと終わらせようか。あ、夕希。ついでだからお茶入れてくれる？」

「はい」

頷《うなず》いた夕希が、慣れた様子で給湯スペースへと向かう。ここでのアルバイト内容は、このフロア――調査室と役員室での雑用、及び資料の翻訳だそうだ。調査室の方には語学に堪能な者も多く、色々と勉強にもなると言っていた。

依頼人や派遣先相手、登録スタッフにおいても、全て調査室で念入りに調べた上で仕事を請けているという。本社側の業務では、特にそれが必要な場合があるらしい。そのため、このフロアだけセキュリティが厳重なのだ。

ソファに促され座ると、正面に望が腰を下ろす。副社長の北上は、今日は外に出ているらしい。通常客と会う時は必ず傍《そば》についているのだが、今日は相手が高倉のため必要ないと判断したのだろう。

「やっと引き受けてくれてありがとう、宗延。これでようやく、じーちゃん先生には本家だけ見て貰えばよくなる。ここのとこずっと忙しいって文句言われてたんだ」

「引き受けたっていうよりは、押し込んだんだろうが。別に俺じゃなくても、吉田《よしだ》先生のとこなら誰だっていいだろう。有能な人が揃《そろ》ってるんだ」

「嫌だよ。じーちゃん先生ならともかく、他の人に任せる気はないもんね。いいじゃんか、結果的に問題なかったんだし」

唇《くちびる》を尖《とが》らせる望に、仕方がないと溜息をつく。鞄《かばん》から書類袋を取り出すと、机の上に滑らせた。中身は、顧問弁護士としての契約に関するものだ。

「後で内容を確認——それと、北上にも読ませておけ。おかしいと思った部分に関しては電話しろ。個人用と法人用、それぞれ分けてあるから両方に署名、捺印《なついん》」

「はーい」

子供のような返事に肩を落とすと、夕希がお盆に載せた湯呑《ゆの》みを運んでくる。受け皿と、その上に湯呑みを置いた。

「ありがとう」

そう言うと、にこりと笑い首を横に振る。

「夕希、ありがとう。これもそれも夕希のおかげだ」

上機嫌で書類に目を通し始めた望に、夕希が目を見張る。その様子に、余計なことは言うなと視線だけで望に告げた。高倉のそれに気づいたのだろう。望の瞳が楽しげに細められる。

「俺の？　高倉さんが望さんの顧問弁護士になるっていうあれですか？」

「そうそう。ずっと言ってたんだけど、頷かなくてさ。今回ようやく引き受けて貰《もら》えることになったんだ」

「でも、別に俺は何も……」

「んー、まあ、色々餌《えさ》にさせて貰ったから。勝手に感謝してるだけだから、受け取っといて」

「餌」

さらりと言った望の言葉に茫然《ぼうぜん》とした夕希は、だがすぐに首を傾《かし》げた。

「でも、どうして今まで引き受けなかったんですか？」

高倉に向けて言われたそれに、肩を竦《すく》める。

「利益相反、って知ってるか？」

「利益相反？」

「請けている仕事の依頼人と利益が対立する場合、その相手の依頼は請けることができないって決まりがあるんだ……例えば訴訟でも、訴える側と訴えられる側、両方の弁護は引き受けられないだろう」

「ああ、はい。そうですね」

夕希が頷くと、望が横から口を挟む。

「宗延、企業相手の仕事が多くなってからあちこちと仕事してってさ。うっかりすると、競合他社が取引先だったりするわけ。調べて大丈夫そうだったから今回頼めたけど」

「こいつのところは、無駄に手広いからその辺が面倒なんだ。それに、元々ここにも顧問弁護士はいるしな」

「え、そうなんですか？」

「そう。うちと昔から付き合いのある弁護士の先生でね。ずっと頼んでたんだけど、もういい歳でさ。そろそろ引退させろってずっと文句言われてたんだ」

先ほど望が「じーちゃん先生」と言っていたのがそれだ。六十歳後半と、定年してもおかしくない年齢なのだが、未《いま》だ現役で雪柳家と父親が経営する企業の顧問弁護士を請け負っている。といっても、さすがに全てを一手にというわけにもいかず、事務所の弁護士にある程度は任せているそうだが。

「ま、これで晴れて引退して貰えるよ」

「お前、それ本人の目の前で言ってみろ。殴《なぐ》られるぞ」

「言わないよー。俺、じーちゃん先生好きだもん。まだもう少し面倒見て貰いたいし」

ちゃっかりとした望の言葉に苦笑する。生い立ちゆえなかなか人を信用しないきらいはあるが、懐に入れた人間には全幅の信頼を置く。当該の弁護士も数少ないうちの一人だった。

「って、宗延。これ高い。もうちょっとまけてよ」

「うちの定額だ。文句があるなら他を探せ」

書類を読んでいた望が、金額を書いている部分を読んで不満を零《こぼ》す。それを楽しげに眺《なが》めていた夕希が、ふと壁の時計に目をやって声を上げた。

「あ、すみません。俺、そろそろ戻ります」

「俺が引き留めたって言っておいて」

ひらひらと手を振った望に頭を下げ、高倉にも微笑んでぺこりと会釈をする。

「夕希」

「え？」

声をかけると、驚いたように振り向く。

「今日は早めに帰る」

「あ、はい！」

それだけで何を言いたいのかを察したのだろう。嬉しげな表情で頷き、そのまま部屋を後にした。ぱたんと扉が閉まると同時に、読み終わったらしい書類を望がテーブルの上にぱさりと置く。

「あの微塵《みじん》も人に興味のなかった宗延が、変われば変わるものだよね。どう、幼妻貰ったスケベ親父《おやじ》になった気分は」

にんまりとからかう気満々の瞳でそう言った望の額を、机の上の書類で叩《たた》く。今更顧客になったからといって、仕事さえきっちりすれば遠慮をしてやる義理もない。

「馬鹿か」

今回、望の顧問弁護士を引き受けることになったのは、夕希の過去を調べるため望の力を借りたからだった。夕希には調査会社に頼んだと言っておいたが、あれはこの会社で調べて貰ったのだ。この会社の調査室は、どういった人材を集めたのかは知らないが下手《へた》な警察よりも情報収集能力が高い。

最初に夕希が庭で襲われた時は、まだ深入りする気はなかった。次に少しでも不審なことがあれば本人がなんと言おうと警察に通報しようと思っていた。北上の話と、高倉が西宮家を訪れてからあったことを鑑みれば、夕希が狙われている可能性が高いと思ったからだ。それも北上に頼まれたという前提があればこそで、そうでなければ放っていただろう。

危険に対して何もしようとしない夕希に苛立《いらだ》つ自分。夕希が襲われたことを、北上に連絡しなかった自分。そういった己の気持ちや行動も、気に留めてはいなかった。夕希が北上に知られたくないと思っている。その気持ちを尊重している自分に、自身が気づいていなかったのだ。

だが夕希の過去のことを知り、徐々に惹かれ始めているのを自覚した頃、予想以上の早さで悪化した状況の中で望に頭を下げたのだ。自分でやるにも調査には限界がある。また夕希のプライバシーに関わる問題を、下手な会社に任せるわけにもいかなかった。

そういった意味で、一番確実かつ信頼が置けるのがこの会社だったのだ。

持ち出されたのは案の定顧問弁護士の話で、無茶を言われるのは承知していたためこれまで何度頼まれても頷かなかったのだが、夕希のためであれば仕方がないと承諾した。

「……で、家の方は」

「今のとこ問題なし。まあでも、またろくでもないこと企んでそうだから、近々頼むことになると思う」

望が、嫌なことを思い出したと言いたげにうんざりとした溜息をつく。

「わかった」

雪柳の家は比較的古くから続く家であり、大きい分、ご多分に洩《も》れずトラブルも多い。今回、顧問弁護士の契約が会社だけでなく望個人のものもあるのはそのためだ。資金の出所や契約形態が異なるため書類を分けているが、ようするに雪柳望に関わる全てについて、弁護士としての仕事を引き受けたのだ。

「夕希はどうだ」

「調査室のメンバーにも気に入られてるし、上手《うま》くやってるよ。基本的に丁寧な子だから大人受けはいいいし、ここ、同年代いないから」

「……――」

あっさりと言い切った望に、小さく溜息を落とす。ということは、やはり大学の方が問題か。そう思っていると「過保護」と冷たい声がかかる。

「夏樹が面倒見てただけあって人を見る目はあるよ。俺にだって普通に接してるんだから、ほっといたって友達なんか適当に作るよ」

「ああ」

大学という場所は、常時個人単位で動けるものでもないが、中学や高校とは違って集団行動を常とするものではない。サークルなどに入っていなければそれは顕著だ。ただ、つい先日まで高校生だった集団の中に混ざれば、夕希は異色に見えるだろう。そのことがいらぬトラブルを招かねばいいがと、高倉や北上が心配しているのはそこだった。

そんな歳の離れた大人達の心情を知っていて、望はあえて夕希から少し離れた立場を貫いている。夕希本人のことは気に入っているのだろうが、昔から『北上が可愛《かわい》がっている弟分』のことは嫌っていたのだ。わだかまりがなくなるには、もう少し時間がかかるだろう。もちろんそれを夕希自身に気取《けど》らせることはないだろうが。

「そもそも、夏樹と俺しか友達いない宗延に心配されてもねえ」

夕希の入れた茶を飲みながら呆《あき》れたようにそう言った望の頭に、高倉は無言のまま容赦《ようしゃ》なく拳《こぶし》を振り下ろした。


夕希を初めて見た時、妙に苛立ちを覚えた。

穏やかな両親に、絵に描いたようによくできた息子《むすこ》。愛想がよく聞き分けもよく、大人が可愛いと思うであろう『手のかからない』子供という印象だった。かといって、夕希の両親はそういったことを押しつける雰囲気でもない。どちらかと言えば自主性に任せるタイプの人達だった。

だが本人は、いつも人の顔色を窺《うかが》っているような印象があった。機嫌を取るように笑うその表情を見る度に、なんで笑っているんだと苛立ちは募った。かといって弱々しい雰囲気はなく、心の奥底の苛立ちを見せないよう相手をせずにいても何度も声をかけてきた。

下宿を始める前、北上から、少し前に襲われたため気をつけてやって欲しいと言われていた。二十歳になろうかという男相手にどれだけ過保護だと呆れたが、本人の危機感のなさにも呆れた。襲われてから日も浅いうちに家の中に誰かが侵入した気配があっても、怖がる様子も気にする様子もなかったのだ。話を聞いていただけの高倉ですら、さすがにこれは気をつけた方がいいかと警戒したにも関わらず、だ。

けれど一方で、そんな自分が不思議でもあった。確かに、ここのところ夕希ぐらいの年代の相手と話す機会はなかったが、似た印象の人間なら仕事で幾らでも見ていた。上から押さえつけられることに慣れた人間が浮かべる表情。嫌われまいとする必死さ。だが今までそれらを見て苛立ったことも、ここまで気になったことも、一度もなかったのだ。

愛情をかけて育てられているとわかる一方での、垣間見える卑屈さ。そのアンバランスさに違和感を覚えたからだろうか。今考えても、どうしてなのかはわからなかった。

その苛立ちが興味に変わったのは、最初に庭で夕希が襲われた時のことだ。恐慌を起こすほど怖がっていた夕希が、突如スイッチが入ったように平然とした顔をし、なんでもないと言い張った。無理をしているのだろうと思ったが、かといって意地になっている様子もない。明らかに、何かの回線が切り替わったかのような変化だった。

それの理由が、記憶がないことだとわかった時、高倉の中で何かが腑《ふ》に落ちた気がした。自身の子供時代を、目の前に突《つ》きつけられた気がしていたのだ。

『よかった！　宗延君、叔父《おじ》さんのことがわかるか？』

顔中に安堵《あんど》を浮かべた、親戚《しんせき》である父方の叔父の顔。幾度か会ったことがあるだけだったが、覚えのあるそれに頷くと、目に涙を滲《にじ》ませ抱き締められた。人の身体《からだ》が温かいのだと、そう思ったことだけは妙に記憶に残っている。

物心ついた頃から、両親は家を空けていることが多かった。裕福ではなく狭いアパートに三人で暮らしていたが、高倉はいつも一人だった。父親は建設現場で働いていると聞いた覚えがあったが、ほとんど家に帰ってこなかったためあまり記憶にない。酒とパチンコが唯一の趣味だったらしく、金ばかり使っているという母親の愚痴《ぐち》だけが父親の印象だ。

母親は一日一回顔を見せていたが、それでも、一度帰ってこなくなると数日は姿を見せなかった。今では、さっさと離婚すればよかったものをと思うが、恐らく二人とも『必ず帰る場所』を残しておきたかったのではないのだろうか。そういう意味では、高倉が二人の間の唯一の繋《つな》がりだったのだろう。

だからといって、その繋がりを大事にしていたかといえばそれは別問題だ。ただ、ひたすら放置されていた。

小学校に行き始めた頃から、それはさらに顕著になった。食事は給食が出るため一日一回は必ず食べられる。そうなってからは、母親も帰ってくる頻度が減った。万が一の時のためにと金を置いている場所は教えられていたため、休みなどでご飯が食べられない時はそこから少しずつ使っていった。

だが小学校三年の夏休みに入ったばかりの頃。図書館から帰ってきた時、ほとんど帰ってきたことのなかった父親が家にいた。家中を探し回った形跡があり、その瞬間、ひどく嫌な予感がしたのだ。

『ちっ、お前か』

舌打ちし高倉を一瞥《いちべつ》すると、父親はすぐに家を出て行った。その後、慌てて非常用の金が置いてあった場所を見ると、綺麗に何もなくなっていた。

あの瞬間の絶望感。母親が次に帰ってくるのはいつだろう。使いすぎると怒られたため、買い置きなどはしていなかった。その時に困らないだけを使っていたのだ。こんなことなら、全部使ってしまっておけばよかったと、子供ながらに後悔した。

あの時、誰かに助けを求めればよかったのだ。だが高倉は、父親はともかく母親のことは嫌いではなかった。あっけらかんとしており、子供よりも自分のことを優先する傾向はあったが、決して理不尽に叩いたり叱《しか》ったりはしなかった。

二十歳になる前に自分を生んだ母親も、子供だったのだ。そのせいか、少なくとも他人に悪く言われたくないと思う程度には、母親のことを嫌いにはなれなかった。

結果的に誰にも助けを求めず母親を待つという選択をしたため、高倉はその後一週間以上水だけで生活し、命が危うい状態にまでなってしまったのだが。

叔父が高倉の家を訪れたきっかけは、家捜しをした父親が思うような金を見つけられず叔父の家に金の無心に行ったからだそうだ。父親は、パチンコで大損し借金を作っていたらしい。叔父は、兄夫婦がほとんど家に帰っていないことを会話の中から察し、高倉のことを心配して様子を見にきてくれたのだ。

その後、叔父の家に引き取られた高倉は、こうして弁護士として独り立ちするまで育てて貰った。高倉の両親には、感謝してもしきれない。

だが一方で、高倉の中には、誰にも頼らず一人で生きていかなければならないという確固たる信念が根付いていた。未成年の間は、金銭的にも身分的にも大人の力を借りる必要がある。だが代わりに、いつその手がなくなってもいいようにしておかなければと必死だった。

ある意味、周囲になんの期待もしてはいなかったのだ。恩のある高倉の両親にすら、そうだった。だからこそ、いざとなれば自身の心から切り捨てられる。

夕希は、高倉とは真逆の性格だ。抱えているものが似ていても、夕希は周囲との繋がりを必死に守ろうとしていた。もし握っている手を振り払われれば、夕希はその分傷つくのだろう。けれど傷ついても、諦めようとはしなかった。例えば、高倉が夕希の気遣い――準備された食事などに手をつけず無下にしても、挫《くじ》けることなく声をかけてきたように。

切り捨てることよりも、傷ついても期待し続けることの方が難しい。それは高倉自身、心の奥底で自覚していたことだった。

自分にできなかったことをやっている。その強さが、高倉に苛立ちをもたらしていた。

けれど一方で、徐々に打ち解け笑うようになると、そんな表情をもっと見たいと思っている自分に気がついた。そしていつからか、なんとなく、普通に笑っている時と無理に笑っている時の区別がつくようになってきたのだ。

『お前それ、自分でどうしてかわかってないのか？』

記憶のことを知った少し後、北上と夕希のことを話していた時、北上からそう言われたことがある。その時は、呆れたと言いたげなそれに、知るかとそっけなく返していた。だが、何のことはない。単純に、自分がその時には夕希に惹かれていたというだけだ。

『それは恋だよ、宗延。物凄《ものすご》くおっそい初恋、おめでとう』

そう言った望の声を思い出し、高倉は眉間に皺を寄せる。

望の会社があるビルの地下駐車場。話が終わった後、地下に降りて車に乗り込んだところでそれを思い出し溜息をつく。

「……――全く」

からかわれたことへの苛立ちを隠しもせず、開いていた車の扉を、音を立てて閉じる。次の予定を確認するためスマートフォンを取り出すと、メールが届いているのに気がついた。見ると夕希からで、どうやら休憩に入ったらしい。

「今日の夕飯か」

ふっと口端を上げ、リクエストを打つ。金曜日の今日、夕希は高倉の家に泊まりにくることになっているのだ。その際、夕飯を作っておくが何がいいかというものだった。

夕希の記憶が戻った後、高倉の家に暮らしていたのは二週間ほどだ。その後、両親が仕事を終えて日本に帰国し、夕希も自宅へ戻った。

だが以降も、猫のことを口実に夕希は幾度か高倉の家を訪れ、一ヶ月に一度程度の頻度で泊まっている。両親も高倉に迷惑がかからないようにとは言っているそうだが、高倉自身が猫も夕希に懐いており時々世話を頼みたいと言っているため、高倉の家に来ること自体には何も言わないそうだ。北上の家にも時々泊まっていたらしく、その辺りは不自然には映らないのだろう。

夕希の両親にとっての自分は、北上と同じような存在のはずだ。夕希が心を許せる相手だと認識されている。その分罪悪感がないと言えば嘘になるが、かといって今更夕希の手を離す気はなかった。

「何も、取り上げたくはないんだがな」

らしくもない杞憂に、小さく溜息をつく。自分達の関係が知られれば、夕希が板挟みになるのは目に見えている。それだけはなんとしてでも避けなければならない。

全てを思い出し、ようやくこれから、過去に怯《おび》えることなく未来のことだけを考えて生きていけるようになったのだ。もし誰かの手を選ばなければならないといった状況が避けられないとしても、それはまだずっと先のことでいい。

夕希が大切に思う人間と、自分とのことで決別させることだけは、絶対にしない。

それは記憶の戻った夕希が目覚めたあの日、高倉が自身に課した絶対的な誓いだった。

「わかりました。訴状の内容については、頂いた書類を元に確認します。お話を聞いた限りでは揃えて頂いた証拠で不足はなさそうですが、もう少し細かく検討が必要な部分があればまたご連絡します。ただ一点気になるのが、こちらの和解案なんですが。これを最終目標とするのは、少しリスクが高いですね」

あれから顧問弁護士を務める企業を訪れた高倉は、法務部の担当者と会議室で書類を広げていた。会社によっては担当者が事務所を訪れることもあったが、その辺りはまちまちだ。

一口に顧問弁護士といっても、形態はまちまちだ。月額での顧問契約の場合もあれば、必要に応じてのスポット契約の場合もある。定期的に面談を必要とする会社もあれば、普段はメールや電話のみのやりとりで、大型案件の時のみ呼び出されるということもあった。

この会社は、元々事務所の別の弁護士が担当していたのだが、高倉と入れ替わりでアメリカへ出向となったため引き継いだのだ。

「今回、うちが契約違反をされたんです。訴訟になれば金もかかるしイメージに傷がつきかねない。だからこそ和解を何度も持ちかけたが、向こうは契約違反ではないの一点張りだ……それを踏まえての訴訟です。損害賠償や違約金の請求を外すことはできません」

弁護士が変わったことで、こちらの手腕を窺っている面もあるのだろう。それをなんとかするのが弁護士だろう。そう言いたげな様子で、担当者が憮然《ぶぜん》と告げる。

「もちろん、それ自体を外す必要はありません。ただ、こちらで調べた相手方の規模や経営状況からいって、これらをこのまま呑むということはまずないでしょう。ないものは払えない。契約違反の面で争えなくなれば、金額が高すぎるという部分が争点となってくる。そうなれば、確実に必要以上に長引きます」

こちらを睨《にら》む担当者に、淡々と説明を続ける。

「御社の場合、世間的にも広く名前が知られています。訴訟が起これば、早晩、新聞に名前が載ることになる。もちろん、被害を受けた方ですからそこまではいい。ですが訴訟がこじれて長引けば、おっしゃる通り、その分企業イメージはダウンします」

「……――」

「利益よりも、損失の方が大きくなってしまっては意味がない。利益を得られて譲歩できるぎりぎりの線を決めておきましょう。もちろん、そこを最終目標にする必要はありません。スタートラインからその線までの、どこを落としどころにできるか。重要なのはそこです」

きっぱりと言い切った高倉に、担当者がしばし考え込む。普段はここまで明け透けには言いはしないのだが、今回はある程度言った方が効果的だろうという確信があった。感情的になっている相手に、この手の話は通じない。譲るという言葉自体に拒否反応を示すからだ。

「……――少し、社内で検討します」

押し黙った担当者がしばらくの後発した言葉に、高倉はわかりましたと淡々と返した。


担当先での仕事を終え事務所の入っているビルに戻ると、高倉は一階の駐車場に車を停めた。そのまま事務所のある階に行くと裏口に回る。

基本的に従業員は、顧客と一緒の時以外は、表の入り口は使わない。以前夕希を連れてきた時は、部外者を事務所の中に通すことはできなかったため表から入ってきたのだ。

裏口から直接事務所の中に入ると、気がついた事務員からおかえりなさいと声をかけられる。それに頷いて返すと、担当事務員である女性――上野《うえの》に声をかけた。

「今日は、七時には事務所を出る。それ以降に電話があったら明日折り返すと伝えてくれ」

「はい。先生、幾つか伝言をお預かりしています。メールで送っていますので、後で目を通しておいてください。日程連絡は、決めて頂ければこちらからお伝えしておきます」

「わかった、頼む」

事務連絡に頷き、自身の執務室へ向かう。ここでは基本的に、弁護士はそれぞれ執務室を与えられている。人数や扱う案件が多くなれば、その分、それぞれ別の弁護士が請けた依頼の依頼人同士に関係がある可能性も高くなる。そういった場合、片方を請けないという選択肢もあるが、案件によっては完全に互いの情報を遮断して請ける場合もある。

各々に執務室が与えられているのは、そういった場合の対処法でもあった。そのため、事務所内で案件に関する話をするのも、各弁護士いずれかの執務室か会議室のみという制限が設けられている。

執務室に戻ろうとしたところで、こちらもたった今戻ってきたらしき小島《こじま》と目が合った。

「あ、高倉さん。ちょうどよかった、ちょっとご相談が」

片手を挙げ人懐っこい笑顔で寄ってくる小島に、いささか嫌な予感がしつつも執務室へと通す。どちらかの部屋に行かなければ、依頼について話すことはできない。

「高倉さん、特許詳しいですよね。実は、俺が担当してる人の紹介で依頼が来たんですけど、俺そっち系微妙でしょ。高倉さんの手が空いてたら、お願いできないかなーっと」

机の上に鞄を置きながら聞くと、小島が自分の鞄から名刺を取り出す。

「ひとまず法律相談ってことで聞いた範囲ですが、内容は珍しいものじゃなかったです。その人が発明した製品を元に別会社と提携して新商品の開発をしていたらしいんですが、企画が打ち止めになったそうなんですね。そしたらまあ、いつの間にか別会社がその製品の特許出願をしていた、と」

差し出された名刺を受け取る。小島の話だけではわからないが、よくあるパターンでは、中小規模の企業が話を持ちかけられ騙《だま》されたというところだろう。小規模な企業の場合、たとえ特許を取れる発明をしたとしても、金と手間と時間がかかるため出願をしないことが多い。それどころか、知識がないゆえに、無防備に自社が発明した情報を他社に与えてしまう場合すらある。

基本的に最初に発明した側に特許権は与えられるが、それは出願をしてこそのものだ。逆に言えば、幾ら発明をしたとしても、手続きをしなければ権利は得られない。ただしこういった場合、先に発明したという証拠さえあれば、先使用権を主張できる。

「そのくらいなら、お前でも対応できるだろう」

「いやー。その辺って、掘り起こすとややこしい場合があるじゃないですか。さすがにお得意さんの紹介で失敗するのもあれなんで……お願いします！」

両手を合わせ拝むようにされ、肩を竦める。望のところがどれだけの頻度で入るかは不明だが、ちょうど一件終わったばかりだったため、入らないことはないだろうと判断する。

（また、しばらく会えなくなりそうだな）

高倉の仕事が増え忙しくなると、夕希はあまり家に来ようとしなくなる。シャムロックがいるため、夕方に家に寄って餌をやったりはしてくれるのだが泊まることは絶対にない。その上、高倉が帰る時間が真夜中になってしまうため、自然と会う機会が減るのだ。

夕希も今は大学に行っており、慣れない環境で疲弊している。それを知っていて、泊まれとは言えない状態だった。

「お願いします。夕希君へのプレゼント、選ぶの手伝ったじゃないですか。そういえば、夕希君の反応どうでした？」

押し黙っている高倉を渋っていると思ったのだろう。小島が、つい先だっての貸しを持ち出してくる。

「喜んでいた。今はもっぱら猫ばっかり撮ってるがな」

「あはは、最初はそんなもんですよ。猫はいい被写体ですよね。にしても、高倉さんが誰かにプレゼントって物凄く意外でした。それにまさか、俺が高倉さんの相談に乗れる日が来るとは思いませんでしたよ。可愛がってるんですねえ」

その一言に、ほう、と目を眇《すが》める。

「俺が人に物を贈るのがそんなに珍しいか？　戸籍が確定した祝いだ。お前達も有志で贈っていただろう」

「え、いやあの……」

わざと冷たく言えば、余計な一言を言ってしまったと気がついたらしく慌て始める。確かにプレゼント選びを手伝って貰ったこと自体は感謝もしていたし、なんらかの礼はするつもりでいたのだが。わざわざ自ら恩を盾にしてきたのだからと、ふっと口端を上げてみせた。

「なんだ。礼は改めてしようと思っていたんだが、それでいいのか？　わかった、引き受けてやる。……単に俺の仕事が増えるだけで、お前には何も残らないがな」

「え、えええ⁉」

情けない声を出す小島に向かって、高倉はひらりと受け取った名刺を振ってみせた。


「ただいま」

「おかえりな……――って、待って！　シャムロ……うわっ！」

「夕希！」

家に入ったと同時に響いてきた何かが盛大に落ちる物音、夕希の悲鳴と聞き慣れた男の声に慌てて靴を脱ぐ。急ぎ足でダイニングに入ると、大鍋を両腕に抱えたまま椅子から転げ落ちたらしき夕希と、それを抱き起こしている男――北上夏樹の姿があった。

「大丈夫か？　何があった」

怪我《けが》のなさそうな様子にほっとしつつ問えば、夕希の足下をうろうろとしていた猫――シャムロックが、小さな声で鳴いた。幾分気まずそうな響きに聞こえるのは、気のせいだろうか。

「大丈夫です。すみません……新しい家なのに。上から鍋取ろうとしたら、下りる時にちょうどシャムロックが足下に来て。夏樹兄に支えて貰ったから、怪我はないです」

「お前ね、落ちる時くらい鍋は離しなさい。全く、だから俺が取るって言ったんだよ」

夕希の手から鍋を取り上げ、北上が溜息をつく。

「だって、落としたら傷がつくし」

「家はどうでもいいが、お前には傷をつけてくれるな。本当に怪我はないな?」

腕を引いて立ち上がらせると、幾分恥ずかしそうに夕希が頷く。

「ないです」

「ならいい。シャムロック、来い」

そう言うと、夕希の足下にいたシャムロックが高倉のところに歩いてくる。辿《たど》り着いたところを抱き上げ、自室に向かうため踵《きびす》を返す。

「着替えてくる——北上、飯は食っていくだろう」

「ああ。書類も、望から預かってきた。後で渡す」

振り返って問えば、食事の支度《したく》を手伝うのだろう、北上が袖《そで》を捲《まく》り上げながら答える。それにわかったと返し、高倉は腕にシャムロックを抱えたまま部屋へと向かった。

北上から連絡が入ったのは、まだ事務所で仕事をしている最中だった。週末とはいえ平日に電話がかかってくることなどまずないため珍しいと思いつつ出ると、夕希を高倉の家に送っていくため待たせて貰ってもいいかというものだった。

何かあったのか。それをその場で聞かなかったのは、近くに夕希がいるだろうと思ったからだ。恐らく、確実に。高倉が望の会社を去って連絡を受けるまでの間に何かがあって、送った方がいいと判断したのだろう。多分この後、また会社に戻るはずだ。

（思ったよりは元気そうだったから、まだいいが）

先ほど見た限りでは、無理して笑っている様子もなかった。とりあえずは元気になったのだろう。

スーツを脱ぎ、ラフなシャツとスラックスに着替えたところで、控えめに扉がノックされる。どうぞ、と声をかけると扉が開き、夕希が顔を覗かせた。小さくはにかみながら部屋に入ってくる。

「どうした？」

「いえ……あの、心配かけてすみませんでした」

「いや。だが、一人の時にはするなよ。何かあってからじゃ遅い」

「はい、あのえっと……それだけじゃなくて。夏樹兄に送って貰ったから、変に心配させてしまったかなって……」

しどろもどろになる夕希に、何を指しているのか理解しつつ、意地悪く笑ってみせる。

「北上に何かされてるかもしれないって心配か？」

「ち、違います！　っていうか、高倉さんわかってて言ってるでしょう！」

必死に訴える夕希に笑いながら、くしゃりと頭を撫でてやる。そのまま頬に手を当て上向かせる。顔を寄せれば、察したようにゆっくりと瞼《まぶた》を落とした。

「……ん」

小さな音を立てて、軽いキスをする。緊張しているのだろう。ほんのわずか息に交じる羞恥《しゅうち》と心地よさの交じったような声が、いつも耳を楽しませてくれる。

「元気になったなら、それでいい。ただし、無理はするな」

「……はい。ありがとうございます」

嬉しそうにそう呟いた夕希が、甘さを増した空気を払うように、あ、と声を上げた。高倉の手からするりと離れる。

「俺、ちょっと買い物に行ってきます。材料で買い忘れがあったので。夏樹兄はご飯食べたら仕事に戻るって言ってましたけど、高倉さん何か飲まれますか？」

「いや、俺もいい。それより、行くなら人通りの多いところを通っていけ」

「はい」

頷き玄関に向かう夕希の後ろに続く。財布は持っているのだろう。そのまま買い物に出た夕希を見送ると、リビングに戻った。

リビングでは、下ごしらえが終わったらしき北上が、手を洗い、捲った袖を戻しているところだった。促してソファに行くと、腰を落ち着ける。

「悪かったな、いきなり」

「いや。それより一体何があった？」

改めて聞けば、北上は苦笑してかぶりを振った。

「夕希自身には、何も。バイト帰りに、他のテナントの従業員女性が過呼吸で倒れたらしくてな。ちょうどそこに居合わせただけだ」

アルバイトを終え帰るために一階まで行った際、女性が倒れているのに遭遇した。夕希が見つけた時には警備員も一緒で、すぐに救急車を呼んだそうだ。結果、過呼吸だったため命には別状もなく、念のため病院に運ばれたらしい。

その騒ぎを、外に買い物に出ていたアルバイト先の社員が見つけ、その渦中にいる夕希の様子がおかしいことに気がついた。大丈夫だという夕希をそのまま再び職場へ連れて戻り、紹介者でもある北上に連絡が行ったというわけだ。

「記憶も戻ったし原因もわかったから、もう大丈夫かと思ったんだがな」

溜息交じりの声に、それが初めてでないことがわかる。暗くて狭い場所が苦手だというのは知っていたが、他にもあったのか。そう思いながら見ていると、北上が続けた。

「一応、お前にも言っておいた方がいいだろうと思ったから今日は来たんだ。あいつの母親が階段から落ちた時の状況のせいか、誰かが――特に女性が倒れたりするのが駄目らしい。

西宮夫人――あいつの、今の母親の時もそうだった」

「どういうことだ」

そういえば以前、戸籍の手続きをする際に、夕希の両親から経緯を聞いたことがあった。

西宮夫人が病院で倒れたところを、夕希が見つけてくれたのだと。

「目が覚めて、ようやく怪我が治ってきた頃だったらしい。今みたいにしゃべったり笑ったりすることもなくて、茫洋《ぼうよう》とした子供だったたって話だ」

寝たきりも身体に悪いし、少し動いた方がいい。そう看護師が勧め、一日に一回、決められた時間だけ中庭に連れて行っていたそうだ。そしてある日、中庭で座っていた西宮夫人が急な発作に襲われた。しかも運悪くベンチの陰に倒れてしまったため、見つけて貰いにくかったそうだ。

付き添いの看護師が他の患者に話しかけられた一瞬の隙《すき》に、夕希はふらふらとベンチの方へ向かった。そしてそこで、倒れている夫人を見つけた。

「人を呼ぶどころじゃない。パニックを起こして、その場で悲鳴を上げ続けた」

「……――っ」

眉間に皺を寄せた北上に、高倉は息を呑む。

声が枯れるほど――喉《のど》が切れそうになるほど悲鳴を上げ、異常なその声に気がついた看護師が慌てて向かい、西宮夫人を見つけた。発見が早かったため大事には至らず、また悲鳴を止めることができなくなった夕希も、すぐに病室に戻され鎮静剤を打たれた。

「そして翌日、目を覚ました時には、またほとんど反応を見せない状態に戻っていた」

北上がそれを知っているのは、西宮夫人が倒れたその時、ちょうど見舞いに訪れたからだった。夫人が中庭にいる時間だと聞いていたためそちらに向かい、悲鳴を聞きつけたのだ。

「さすがの俺も、正直……あの時の悲鳴はぞっとした」

その時のことを夕希自身は覚えておらず、ただ単に、倒れているところを見つけ人を呼んでくれたのだとだけ説明した。

「記憶が戻る前は、あんまり外に出ないこともあって、そんな場面に行き合うこともなかったんだがな。戻った後でも、まあ、取り乱さなかっただけよくなったってことだろう」

今回は、貧血を起こしかけていたのか、蒼白《そうはく》な顔で動けなくなっていたらしい。職場に戻りしばらく休んでいたら、元気になったそうだ。

これればかりは、時間で解決するしかないのだろう。北上もそう思っているのか、声には諦めが交じっていた。

「何かあれば、気をつけてやってくれ」

「ああ」

それはそうと、と話を変えるように北上が笑った。

「この間、夕希にカメラ買ってやったって？」

「ああ」

先日戸籍の手続きが一段落し、正式に西宮夕希になったお祝いにプレゼントしたものだ。既に記憶が戻ったことで本来の戸籍も判明し、どちらかを選ばねばならなかったのだが、既に実の両親が死去していること、西宮の養子に入っていたことから、手続きはさほど困難ではなかった。

これまでのように、いつ失うかわからない自分のためではなく、思い出として残すために写真を撮ればいいと思ったのだ。夕希自身も、長年撮っていたこともありカメラ自体は好きらしく、恐縮しつつも喜んでいた。

実のところ、前に夕希がリビングでうたた寝をしている時に、一度だけテーブルの上に開きっ放しで置かれた日記を見たことがあった。もちろん全部を読むようなことはしていない。ただ、写真を並べ開いていたそれの数ページだけを捲《めく》ってみたのだ。

几帳面《きちょうめん》な字が並んだそれは、その日にあった出来事を書いているものではあった。だが楽しかったことを未来に残しておきたいというより、むしろ『西宮夕希』という人間をそこに残しておこうとする気配を感じるものだった。

これまでに、どんな気持ちでこの日記を書いてきたのか。いつ失うかわからないものへの恐怖。それは、高倉自身が背負ったものよりもよほど重いものだと、その時実感したのだ。

今でも日記はつけているらしいが、時々忘れていたと笑うそれに安心もしている。

「にしても、もう少し気軽に撮れるものを贈ればいいのに、デジタル一眼レフってのがお前らしいな」

くくくっと笑う北上に、別にいいだろうと憮然と返す。

「事務所のカメラ好きのやつに、初心者でも扱いやすいのを聞いたからな」

「お前それ、かなり驚かれたんじゃないか？」

目に浮かぶようだという北上の指摘通り、件《くだん》の同僚――小島には、先ほど事務所で話していた時のように、一体何があったのかと穴が空くほど見返された。その後、夕希に買ってやるものだとわかると、張り切って選び始めたのだ。

「スーツも結局お前が買ってやったし。おかげで俺は、別の入学祝いを探す羽目になった」

「手を抜こうとしたからだろう」

「元々買ってやる予定だったんだよ」

眉間に皺を寄せた北上の言葉通り、結局、入学用のスーツは高倉が出したままとなっていた。当日には口座に振り込むため領収書を貰っておいてくれと言われ、確かに貰いはした。だが高倉は北上に請求をしなかったのだ。

正確には、買った当初は請求するつもりだった。けれど、エレベーターの一件の後、話を聞いて気が変わった。あの時はまだ、どちらかと言えば夕希に対して苛立つことの方が多かったにも関わらず、だ。

(気が向いた、としか言いようがないが。まあ、気になってはいたんだろうな)

たまにはこういうことをしてもいいだろう。そんな気分だった。

「あいつ、俺から聞いて初めてお前から貰った形になったって知って、大慌てだったぞ」

「知ってるさ。大慌てのまま、どういうことだって怒鳴られたからな」

当初夕希は、仕事の邪魔になっては悪いからと、ひとまずメールで北上に礼を送ったらしい。北上は、その時すでに高倉から食事を作って貰っている礼に自分が出すという連絡を受けていたため、夕希のメールの礼を、高倉についで行くようにと言ったことについてだと思っていた。

そしてその後、直接顔を合わせた際に改めて夕希から礼を言われ、その時もまだ北上の誤解は続いていた。だが加藤の一件が落ち着き、北上が用意した入学祝いを渡した時に、ようやく誤解が解けたのだ。

「まあ、色々あったが落ち着けてよかったよ。夕希も……お前も」

「俺?」

しみじみとした声の北上に、眉を寄せる。ふっと笑ったその柔らかな表情は、昔からよく知るものだ。出会った頃から変わらない——いや、覚悟を持ってより強くなった、それ。

「何かに執着するっていうのは……自分に執着するってことだからだよ」

夕食がすむと、北上はそのまま会社へと戻っていった。夕食を作りながらごそごそと何かをやっていると思えば、夕希は望へ夜食の差し入れを作っていたらしく北上に渡していた。どうやら望には、あらかじめメールで会社にいるかどうか聞いておいたらしい。

二人で片付けを手早くすませると、高倉は一度自室へと戻った。メールのチェックだけすませ再びリビングへ向かうと、夕希はカメラを構えて眠っているシャムロックを撮っているところだった。

扉を閉める音と、シャッターを切る音が重なる。

「お疲れさまです」

撮っている最中を見られるのがなぜか恥ずかしいらしく、照れたようにそう言って、テーブルの端の方へカメラを置く。

ここ最近は被写体がもっぱらシャムロックのため、カメラは高倉の家に置いている。家に持って帰っている時は両親達を撮ったりしているらしく、後は、二人で出かけた際に必ず持っていっていた。

「何か飲みます……わ」

ダイニングへ向かおうとする夕希の腕を取り、抱き寄せる。されるがままに腕の中に収まった夕希は、遠慮がちに高倉の背に腕を回すと、そろそろと見上げてきた。

「高倉さん？」

「疲れただろう。今日はもう風呂《ふろ》に入って寝ろ」

ぽんぽんと背中を叩いてそう言えば、驚いたように目を見張る。元気に振る舞ってはいるが、やはりその表情には疲労が浮かんでいた。寝不足だと言っていたし、元々疲れているのもあったのだろう。見上げてくる顔の、こめかみの辺りを親指でそっと撫でる。

一瞬、何か言いたげに——そして、どこか泣き出しそうに唇を歪《ゆが》めた夕希が、高倉の胸に顔を埋《うず》めた。そしてくぐもった声で告げる。

「もう少し、こうしていて貰っていいですか」

「ああ……なら、とりあえず座るか」

「え！」

夕希の身体を一旦離し横抱きに抱え上げると、ソファへと連れて行く。スリーシータのそこに高倉が座ると、そのまま夕希を膝《ひざ》の上に乗せた。

「た、高倉さん⁉」

「なんだ」

焦った声に平然と答える。夕希は、まるで子供のように高倉の膝の上に横向きのまま抱えられる状態に硬直していたが、やがて身体から徐々に力が抜けていきそっと肩口に頭を預けてきた。

「あったかい……」

ぽつりと呟いたそれに、身体を包むように回した腕に軽く力をこめる。

「まだ何もかも始まったばかりだ。あまり気負うな」

そう告げると、小さく苦笑する声が聞こえてくる。夕希の手が上がり、高倉のシャツを軽く掴《つか》んだ。

「高倉さん、いつもそうですね。しんどいなって思った時に、絶対に隠し通させてくれないんです。俺、そんなに疲れたって顔してますか？」

拗《す》ねたようにも甘えたようにも聞こえるそれは、だが純粋に不思議そうでもあった。

「してはいないな。むしろ平然としているから、なんとなく様子が違うと思う程度だ」

「そうですか……？　でも、うちに来たばかりの頃からずっとそうだったから。どうしてだろうって、思ってました」

「……――」

これればかりは、高倉自身にもわからないのだ。本当になんとなく違和感を覚えるのだ。だから聞かれても説明はできない。

不意に、腕の中で夕希が身じろぐ。見れば、夕希の手が右腕の四葉の痣《あざ》を撫でていた。以前から幾度かそうしているところを見かけていたが、不安や心配ごとがある時に無意識にやってしまうらしい。

「大学で同級生と話しても、会話が続かないんです。テレビは元々あまり見なかったし、音楽とか、色々……流行のものがわからなくて。どうも、他の人とテンポがずれてるらしいんです。話しづらそうにしてるから、最近はあまり話さなくなってて」

ぽつりと零された弱音は、予想されたものだった。つい先日まで高校生だった相手と、大人達に囲まれてきた夕希とでは、これまでの生活環境に違いがありすぎる。同年代の友人でもいれば別だっただろうが、それもいなかったのだ。

夕希自身それは想定していただろうが、自身が想像できた範囲と現実との開きに戸惑っているのだろう。

「無理して、会話を弾ませる必要はないんじゃないか？」

「え？」

高倉にできることといえば、十年近く長く生きている経験からのアドバイスだけだ。これぱかりは、自分でどうにかしていくしかない。

「わからなければ――興味があるなら、それがどんなものか聞けばいい。無理して相手に合わせて話そうとしたって、無い袖は振れないんだ」

「聞く……」

「年代が変わったって、人と話すことに変わりはない。ようは、相手の性格と相性の問題だけだ。気負いすぎて何か話さなきゃいけないと思ってるから、話題が見つからなくて焦るんじゃないか？　別に、俺達と話す時みたいに普通にしてりゃいいだけだ」

「……あ」

思い当たる節があるのか、小さく声を上げる。

「大学にだって色んなやつがいる。合わないと思えば、無理して話す必要もないだろう。まずは声をかけて話してみて、話しやすいと思った相手を見つけていけばいい」

生い立ちの割に物怖《ものお》じはしない性格だ。父親の教え子がよく遊びにきたりすると言っていたから、結果的に、それが他人に慣れる訓練になっていたのだろう。

「そっか……」

「お前なら大丈夫だ。最初の頃、俺にあれだけ話しかけてきてたんだ。あの調子でやれば、話の合うやつの一人や二人、すぐに見つかる」

「……っ！　あれ、は。だって、一緒に住んでるのに何も話さないのって勿体《もったい》ないじゃないですか」

むくれたようにそう言った夕希の髪に「そうだな」と口づける。すると、照れたような声が胸元から聞こえてきた。

「ありがとうございます。何か、高倉さんに話したら大丈夫な気がしてきました」

「望あたりが聞いたら、大笑いするだろうがな」

「え？」

望の職場で言われたことを思い出し、眉間に皺を寄せていると、どういうことだろうと夕希が見上げてきた。それに肩を竦めて返す。

「友人らしい友人は、北上くらいだったんだ。俺に言われたくないだろう、ってな」

「高倉さんは、話せないわけじゃないじゃないですか。事務所の人達だって、いい先生だっておっしゃってました」

くすくすと腕の中で笑う夕希に、ふっと口元を綻ばせる。ようやく表情から影が消えていった。

「そのうち、大学に慣れたら、写真を撮って見せてくれ。どんなふうに過ごしているのか見てみたい」

「はい！」

元気よく頷いた夕希の顎《あご》の下に指をかけ、上向かせる。そのまま小さくキスを落とすと、恥ずかしそうに俯いた。シャムロックにするように指の背で喉を撫でると、唇に親指を当てる。柔らかさを楽しむようにそっと横に引くと、夕希が膝の上で小さく肩を震わせた。

「……っ」

微《かす》かな吐息が、指にかかる。この唇に最初に触れたのは、まだ夕希の家にいる頃だった。

本人には言えないが、寝ている時についやってしまったものだった。

夜中に起き出していた夕希に、最初は話をするだけのつもりで声をかけた。だが、楽しげな表情で北上と似ていると言われたそれに、これまでになかった部類の苛立ちを感じたのだ。自分と誰かを比べられている。そのことが、妙に引っかかった。

今までにない感情を持て余したまま、気がつけば夕希を膝枕で無理矢理寝かしつけていた。最初は緊張して身体を固くしていた夕希が、やがて安心したような表情で寝息を立て始めたのを見て最初に感じたのは、この上ない満足感だ。

人を気遣うばかりの表情は、眠ってしまえばあどけなく頼りなさが増す。寝ついたのを見計らってベッドに運び、しばらくその寝顔を見ていると、不意に微かな声が耳に届いた。

『たか、くらさ……』

どんな夢を見ていたのか。零れたそれに吸い寄せられるように、気がつけば口づけていた。自分でも思いがけない衝動に驚きつつ、けれどすぐにやめることもできなくて、起こさない程度に柔らかなその感触を味わったのだ。

これまでの人生で、自分でも制御できないほどの欲を感じたのは、あれが初めてだった。さすがにそれ以上のことはせず、理性を総動員して口づけを解いたが、あの時夕希が目覚めていたらどうなっていただろうか。思い出しつつ、小さく唇を笑みの形にした。

「高倉さん？」

恥ずかしげな声で、自分がずっと夕希の唇を弄《いじ》っていたことに気づく。そっと指を外して耳朶を軽く摘《つ》まんだ。

「昨夜、あまり寝てないと言っていただろう。今日は早めに休め」

「あ……」

促すように背中を押し、ソファから下ろそうとする。だが、逆にしがみつくように再び高倉の肩口に顔を埋めてきた夕希が、小さな声で呟いた。

「あの……えと……」

「どうした」

耳元の髪をかき上げてやり、そのまま指先で首筋を辿る。ぴくりと肩を震わせ、けれど離れていかないまま身体を寄せてきた。

「……寝る時も、こうしていて……くれます、か」

くぐもった、シャツの中に埋めるような声。精一杯のそれにふっと笑みが零れ、耳元に唇を近づけると「ああ」と囁《ささや》いた。

「なんなら、風呂でもこうしていてやろうか」

悪戯《いたずら》交じりにそう続けると、腕の中の体温が一気に上がった気がした。首筋が赤くなっているのを見て、素直な反応に、つい笑いが零れてしまいそうになるのをどうにか堪《こら》える。照れて嫌だと離れていくだろう。高倉のその予想は、だが次の瞬間見事に裏切られた。

「……──」

触れた身体から、直接伝わってくる振動。

夕希は、言葉もなく、肩口に埋めた頭をこくりと縦に振ったのだ。

「ん……っふ、あ」

水音とあえかな声が、風呂の中で反響する。濡《ぬ》れた髪から雫《しずく》が零れ、頬を伝っていく。すっと辿るそれにすら感じるのか、夕希が小さな声を上げた。

浴槽の縁に座り、壁に背をつけた状態で夕希は身悶《みもだ》えていた。開かせた脚の間に座り閉じることを許さないまま、夕希の中心を口腔《こうこう》で愛撫《あいぶ》する。勃起《ぼっき》したものを舌で辿り、全体を咥《くわ》えて包み込む。全体を扱《しご》きながら根元の辺りを指でくすぐってやると、高倉の髪を掴んだ夕希が頭上で嫌だとかぶりを振っているのがわかった。

恐らく限界が近いのだろう。身体を重ねるようになって幾度かやっているが、高倉の口の中に出すのは嫌がるのだ。

初めてこうして口でした時、夕希は驚きに限界まで目を見開き、必死で高倉の身体を引き剥《は》がそうとした。汚いから、とそう言う夕希に、大丈夫だと何度も教え込んだのは高倉だ。

『これくらいで驚いていたら、後が保たないぞ』

そう言ってやると、腕の中で硬直していたが。

「あ、駄目……も、や、離……あ、あ！」

引き剝がそうとする手をそのままに、喉の奥まで届くそれを唇と舌で扱き、吸う。一気に追い上げていき堪えるようにしていた腰が揺れ始めたところで、ふっと目を細めた。

「駄目、だめ……あ、ああっ！」

先端をくじくように舌先で刺激したところで限界が訪れた夕希が、口腔に包まれたまま最後を迎える。腰を震わせ放たれたものを、躊躇《ためら》いもなく全て飲み下す。やがてぬめりを帯びたそれを清めるように舌で舐《な》めて唇を離すと、震える声が耳に届いた。

「あ、あ……」

泣きそうな顔でこちらを見下ろしてくる瞳に、ふっと笑ってみせる。

「泣くな。別に悪いことはしていない。むしろさせたのは俺だろう」

「でも、口……あの、今の……」

「ほら、来い」

腕を引き、浴槽の中に沈める。背中を抱くようにして脚の間に座らせると、一瞬夕希の背中が強張る。高倉のものが尻《しり》に当たるのだろう。

幾度かこうして抱き合ったが、未だに最後まではしていない。一緒に暮らしていた二週間の間は、打撲等があり、痛みもそれなりにあるようだったため、あまり無理はさせたくなかった。その後、夕希が家に戻ってすぐ大学が始まり、身体を繋げてしまっては体力が保たないだろうと思ったのだ。

もちろん、身体を慣らすことはしていたため、夕希自身も最後にどういうことをするかはわかっているだろうが。

（まあ、焦る必要はないか）

口淫《こういん》だけでこの状態なのだ。一足飛びに進んでしまっては、気持ちよさよりも恐怖を与えかねない。それだけはしたくなかった。

（こういうことに、あまりいい記憶がないみたいだしな……）

子供の頃、加藤に身体を触られるのが嫌で逃げ出し――母親と諍《いさか》いになったと言っていた。その時の嫌悪感が記憶の奥底にあるとすれば、下手をすれば嫌な思いをさせてしまう。

全く何も知らなければ、自分が与える快感の記憶だけにしてやれるのに。

そう思いつつ、腕の中の細い身体を抱き締める。

「あの、高倉さん」

「ん？」

小さく呟いた夕希は、高倉の腕に収まりながら、だが先を続けようとせず押し黙った。急《せ》かすことなく先を待っていると、突如、何かを決心したように夕希が高倉の身体から離れていった。くるりと向かい合うと、高倉のものに手を伸ばす。

「おい」

慌てて手を止めると、夕希は嫌だと首を横に振った。

「俺も、したいです。あの、やり方わからないし……絶対下手だけど……でも」

言っていてへこんできたのだろう。肩を落とす姿に、小さく微笑む。けれど一方でその姿に煽《あお》られ、高倉自身は力を増していた。

「あ……」

握っていて、反応したのがわかったのだろう。驚いたように目を見張った夕希の頬を掌で包む。唇を寄せ、啄《ついば》むようなキスを落とした。

「やってくれるか？」

「……はい！」

高倉の言葉に嬉しそうに頷く。そのままではのぼせるだろうからと、一旦、夕希を浴槽から出し洗い場に座らせる。浴槽の縁に腰を下ろした高倉の前に来ると、夕希がこくり息を呑む。初めて勃起した高倉のものを間近で見たのだ。

「無理はするな。手で十分だ」

どうしてかやる気になっているらしく、高倉の言葉に首を横に振った。一度決めたことに関しては、案外頑固なのだ。無理そうであれば途中でやめさせようと思いつつ、そっと髪を撫でる。

「なら、頼む」

そう言った高倉の言葉に、ほっとしたような表情を浮かべ頷く。駄目だと言われると思っていたのだろうか。そう思っていると、高倉の脚の間に座り込んだ夕希がそっと唇を寄せていた。

「……――」

自分がされたことを思い出そうとしているのか、恐る恐る竿《さお》の部分を舌で舐め、先端に口づける。そのまま困ったように動きを止め、高倉は夕希の耳元を指先でくすぐりながら囁いた。

「入るところまででいい。咥えてくれ……歯は立てないようにな」

からかい交じりに言うと、こくりと頷いた夕希が高倉のものに手を添える。唇を開き、ゆっくりと口腔に迎え入れていく。体格差もあり、夕希のものとは大きさが違う。思ったよりも飲み込めなかったのだろう。途中で動きを止めた夕希に、そこまででいいと声をかけた。

「無理に奥まで入れる必要はない。後は、手でいい」

視線を上げた夕希が、恥ずかしそうにすぐに目を伏せる。その表情だけで煽られ、高倉は一瞬息を呑む。口の中のものがわずかに跳ねたのがわかったのだろう。小さく目を見張った夕希が、ゆっくりと舌と指で高倉のものを愛撫し始めた。

「……っ、そう。それでいい……」

正直に言えば、必死さは伝わってくるが上手くはない。だが、目を潤ませ赤くなった顔で必死に高倉のものを愛撫している夕希の顔を見ているだけで十分すぎるほど欲情は増した。

「ん、ん……っ」

少し感覚がわかってきたのか、徐々に夕希が口で扱き始める。突き入れたい衝動に駆られるが、それをしてしまっては喉を突いてしまうだろうとどうにか堪えた。

「……——っ、く」

必死な様子の夕希の頬に手を当てる。このままいけるようになるには、もう少し時間が必要だ。

「夕希、もういい」

高倉の声にぴたりと動きを止めた夕希が、そろそろと唇を外す。上手くできなかったことに落ち込んでいるのか、わずかに泣きそうな表情に、身体を引き上げて膝立ちにさせた。身体を抱き寄せキスをすると、最初は躊躇っていたがおずおずと舌を絡ませてくる。

「……っん、う」

あやすようなそれを終えると、夕希が高倉の身体にしがみついてくる。ごめんなさい、と小さな声が耳に届き抱き締める腕を強めた。

「謝るな。最初から何もかも上手かったら、逆に驚く。気持ちよかった。また、してくれるか？」

最後にそっと囁くと、腕の中で何度も頷く。その姿に愛《いと》おしさが増し、考えるより先にすっと夕希の背筋を掌が辿っていた。だが一瞬で我に返り――そして、腕の中のほんの少し不安げな気配に心を決める。

手を腰に下ろし、夕希の後ろを指で探る。そのまま、指先に微かに力をこめてその場所を押し上げた。

「あ……っ！」

「今日は、ここでいかせて欲しい……嫌か？」

それが何を意味しているのかわかったのだろう。夕希の身体が反応する。だがすぐに高倉の身体を腕で押しやると、目に涙を滲ませて呟いた。

「あ……だって……」

「ん？」

「俺が下手だから、してくれなかったんじゃ……」

思わぬ反応に目を見張っていると、だって、と続けた。

「ずっと、最後まで――多分、最後はそうするんだろうなって思ってたのに、しなかったから。慣れてないから嫌になったのかと思って」

だから今日は、色々やろうとしていたのか。高倉のために、早く慣れようと。

その瞬間、愛しさとともに、目の前の存在を貪り尽くしたい衝動に駆られる。

これまで付き合ったことも身体の関係を持ったことがないとは言わないが、それも全て、欲求を満たす行為でしかなかった。相手は、好みに合えば誰でもよく、いつもどこかが冷めていたのだ。

こんなふうに、抑えきれなくなりそうなほどの欲情を覚えたことなどなかった。

「……──っ」

「高倉、さん？」

衝動のままキスしようとして、寸前で堪える。ここでしてしまっては、その先を止めることができなくなってしまう。

（さすがに、初めてが風呂は可哀想《かわいそう》だろう……）

はあ、と夕希の肩口に額を落として溜息をつく。どうにか手放しそうになった理性の糸を摑むと、夕希の身体を抱えたまま立ち上がった。

「とりあえず、出るぞ」

「え、あ。はい」

突然のことに目を丸くした夕希が素直に頷く。これから、自分がどんな目に遭うのか。全くわかっていない表情に若干の憎らしさを覚える。

「後悔は、明日しろ」

そう言った高倉の言葉に、夕希は幾分不思議そうな顔で首を傾げるだけだった。

「……ん、高……っ」

寝室のベッドに仰向けに横たわり、切れ切れに言葉を発しながら夕希が喘《あえ》ぎ続ける。開かせた脚の間に身体を挟み込ませ、膝を立たせた状態で脚のつけ根辺りを唇で辿る。時折跡をつけながら、けれど肝心の場所には一切触れない。脚から腰、下腹部へと移動させていき、やがて指で腰骨をくすぐりながら下生え近くの肌を強く吸った。

「あ……っ！」

直接的な愛撫を与えられず、だが夕希のものは既に張り詰め先走りを零している。シーツを握り締めながら、解放するには届かないもどかしさに涙を滲ませていた。

シャワーで身体を流して風呂場から出ると、自身はざっと身体を拭いただけで、バスタオルにくるんだ夕希を寝室へと運んできた。ベッドに降ろすと同時に、恥ずかしがる間すら与えず長いキスをし、それから後は延々と唇と舌、指だけで身体中を探っている。その間、夕希自身には直接的な刺激は一度も与えていない。

再び腹から胸へと戻り、片側の胸先を舌で転がす。もう片方を指で弄ってやれば、嫌だというように夕希が首を横に振った。ぱたぱたと枕に髪の毛が当たる音を聞きながら、少し強めの刺激を与える。

「も、やだ……っ」

泣き声に近い声が訴える。薄赤い跡を幾つか残し顔を上げれば、夕希が両腕で顔を隠していた。身体を起こして再び覆い被《かぶ》さると、腕を解いて口づける。

「ん……ふっ」

静寂の中に、舌を絡め合う水音が響く。やがて夕希の腕から力が抜けていき、再びシーツに沈んでいく。口腔の柔らかさを存分に味わい唇を解くと、上がった息の向こうで夕希が小さく呟いた。

「まだ……？」

「まだ、だな」

一度身を起こし、サイドテーブルに置いたジェルを取る。掌に十分な量を取り再び夕希の身体に覆い被さる。すぐに首筋に絡められた腕に微笑みながら、身体を抱き寄せあやすように唇を塞いだ。

下唇を吸い、遊ぶように幾度か啄み、また深く重ねる。互いの昂《たかぶ》りが腰に当たるのを感じながら、高倉はそっと夕希の後ろに手を伸ばした。

「ん……っ」

腰の奥を指先で探る。背中を抱く腕に力がこめられ、大丈夫だというように舌で口腔を撫でた。ジェルを塗り込めながら、ゆっくりと身体の内側を撫でていく。

わずかな距離で唇を外し、少しずつ埋め込まれていく指を時折中を広げるように動かす。進めては内側を撫で、それを繰り返し慣れていない場所を徐々にほぐしていった。

最初は違和感が強かったのか少し苦しそうだった声が、いつしか変わっていく。甘さを増した吐息が首筋にかかり、痛いほどに張り詰めた自身を感じながらぐっと堪えた。

（もう少し……）

逃げそうになる腰を引き戻し、徐々に本数を増やしていく。やがて三本ほどが入ったところで、ゆっくりと引き抜いていった。

「あ……っ」

埋め込まれていたものがなくなったせいか、引き抜く際の刺激のせいか、小さな声が上がる。そのまま宥《なだ》めるように幾度も口づけ、身体を起こす。息苦しさにぼんやりとした視線を確かめ、夕希の脚を大きく開かせると、驚く間すら与えず後ろに先端を埋め込んだ。

「……――っ！」

次に何が来るか意識していなかったのだろう。突然のことに目を見開いた夕希は、だが身体から力が抜けていたため、高倉の先端を拒むことなく受け入れた。けれどすぐに身体を強張らせ、内側に入ったものを締めつける。

「大丈夫だ……力を抜け」

「あ、や……っ」

落ち着かせるように腰を撫で、夕希の中心に指を絡ませる。衝撃で萎えかけたものを扱いてやると、徐々に硬さを取り戻してきた。

「……や、苦……っ」

言いながら、それでも前を弄られ快感もあるのだろう。徐々に後ろから意識が逸《そ》れていき力が抜けていく。その隙に自身のものを深く進めていき、夕希のまだ誰にも許したことのない場所を暴いていった。

「……大丈夫か？」

全てを収めきった頃、胸を上下させて息をする夕希に問いかける。こくりと頷いたその顔は涙に濡れ、そろりと腕を動かし高倉の方へと伸ばしてきた。

「んっ！　……や」

上半身を倒して口づけると、苦しさが増したのか、夕希が眉を顰《ひそ》める。それでも高倉の背に回した腕は外れていかず、むしろ縋るように力がこめられた。助けて欲しい。そう言われているようで、最後の理性を繋ぎ止めながら、苦痛と紙一重の感覚を味わっているであろう夕希に優しくキスを繰り返した。

「高倉……さ……熱……、い」

熱のこもった息を継ぎながら、譫言《うわごと》のように呟く。少し感覚に慣れてきたのか、高倉自身を包む夕希の内側も徐々に柔らかさを増している。

「ああ……中、わかるか？」

下腹部……ちょうど高倉のものが入っている辺りを掌で撫でてやると、薄い腹がひくりと震える。こくこくと首を縦に振ると、振動と汗で背中に回した指がわずかに滑る。

「ごめ……、なさ……っ」

「ん？」

突如謝り始めた夕希に、何事かと目を見張る。すると、唇を歪めた夕希が、再びごめんなさいと呟いた。

「俺、全然……ちゃんと、できなくて。高倉さんに、気持ちよく、なって欲し……の、っん、んううっ！」

その瞬間、確かに何かを手放したような気がした。

堪えていた衝動に突き動かされ、これまでの優しさをかなぐり捨てて貪るように唇を奪う。柔らかく甘いそれを舐め尽くすように舌で味わい、また、夕希の奥に埋め込んだものを動かし始めた。

「あ、や……あっ！」

「悪い、な」

脚を抱え直し、一度途中まで引き抜いたものを再び押し込む。痛みを与えないであろうぎりぎりの強さで突き入れれば、狭く柔らかな内壁が高倉自身に絡みつくように包み込んでくれる。

初めての行為に、恐怖も戸惑いもあるだろうに高倉のことばかりを考えようとする。そんな一途さが愛しく、また悲しくもあった。

気遣いも、気がかりも。全てを手放せるくらいに、快感に溺《おぼ》れさせてやりたい。そして素直に感じる夕希の肢体《したい》こそが、自身をこの上なく煽るのだと。この身体に教え込んでやりたかった。

「あ、あ……ああ、あ！」

切羽詰まった嬌声《きょうせい》を聞きながら、最後を迎えるように抽挿が激しくなる。中心を包む狭い内部が蠢動《しゅんどう》し、高倉に強い快感を与え始めた。

「夕希っ」

「……――やっ、あ、あああ……っ！」

快感を押し殺した声で名を呼んだ瞬間、夕希が放埒《ほうらつ》を迎える。震える身体を抱き締め、締まる場所を押し開くように奥まで突き入れ高倉もまた自身を解放する。

「……っ！」

「ん、あつ、い……」